AF445650

ROBERTO SALVETTI

MALEGNO - OSSIMO - BORNO

Le origini di una cronoscalata leggendaria (1964-1988)

Storia a fumetti

Prefazione di Alex Caffi

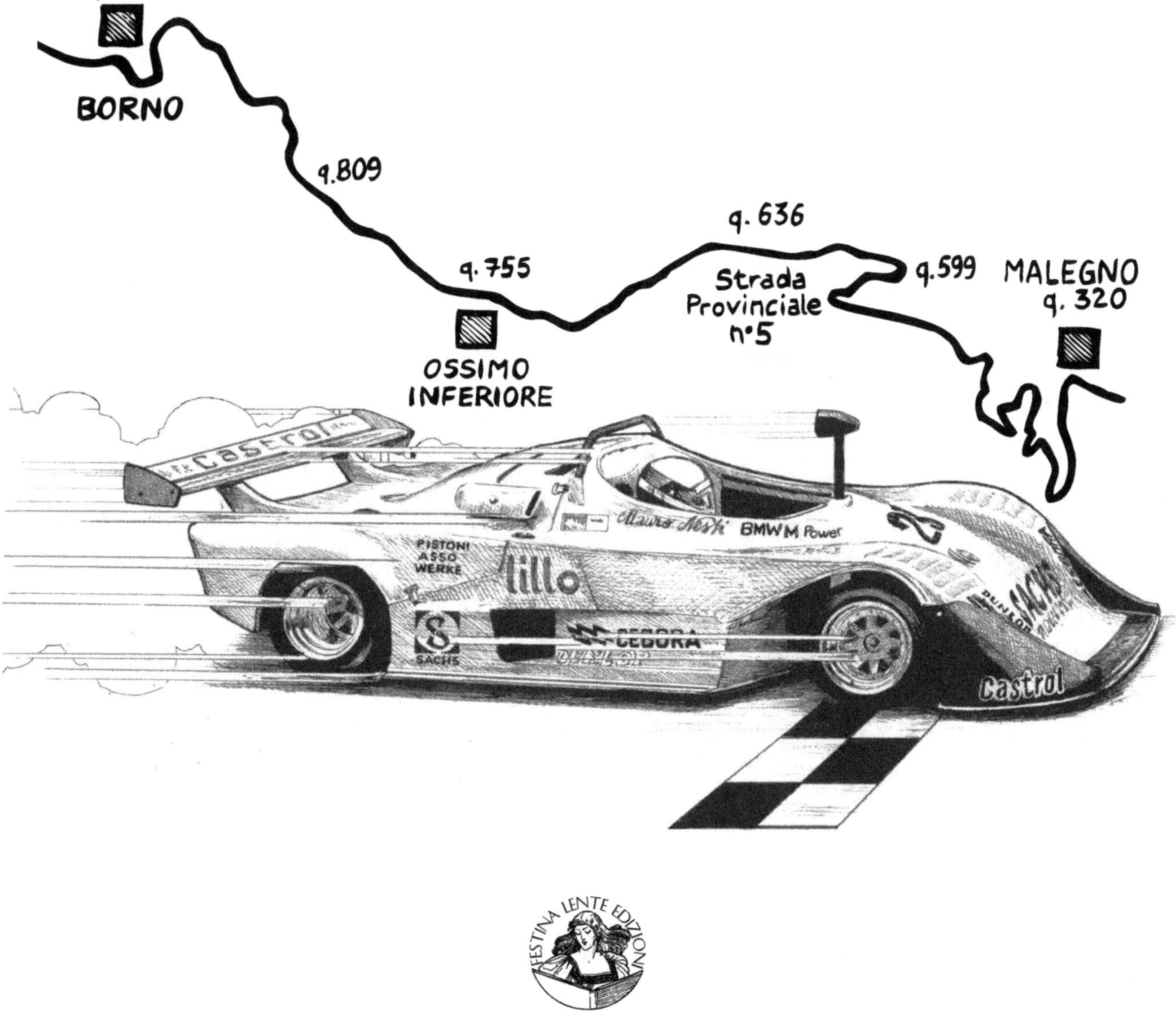

INDICE

PREFAZIONE

Alex Caffi *

Le immagini sono quelle di una vecchia cinepresa *super8* dei primi anni 60, i colori sono ormai sbiaditi dal tempo, ma si vede nitidamente un bambino di 4 o 5 anni che si arrampica sorridendo sui prati in fiore della Valcamonica; poi, improvvisamente, le immagini vanno sulla strada sottostante e come un lampo sfreccia ai suoi piedi una bellissima Porsche 906 bianca col musetto azzurro e arancio e l'inconfondibile stemma della gloriosa scuderia *Brescia Corse*.

Ecco come è stata la mia prima volta alla *Malegno-Ossimo-Borno*; conservo ancora gelosamente quei vecchi filmini e credo sia stato proprio quel giorno che sia nato in me l'amore per questa gara e per questo bellissimo sport.

Erano anni in cui alla domenica, invece che andarcene come la maggior parte dei bresciani al lago, tutta la famiglia Caffi, dai nonni ai nipotini più giovani, si riuniva sui monti della Valcamonica per seguire papà Angelo e gli zii Guido e Nello durante le prove per la gara più importante dell'anno.

La vita, la fortuna e anche un po' di talento, mi hanno portato poi ad avere successo nell'automobilismo in, praticamente, tutte le categorie più importanti, a iniziare dalla vittoria nel campionato europeo di *Formula 3*, ai due campionati nazionali vinti in *GT*, passando per *Le Mans, Daytona, Sebring, Dakar, Rally di Montecarlo* per ricordare quelli più importanti, fino a toccare l'olimpo di questo meraviglioso sport con i 59 GP in *Formula 1*.

Ma il mio cuore è rimasto su quelle montagne della Valcamonica e chi mi conosce realmente e mi è stato vicino in tutti questi anni sa quanto io sia fortemente legato a questa corsa.

Un legame talmente forte da decidere di disputarla nell'occasione dei 40 anni dalla vittoria di papà Angelo. Un ricordo triste di quella che avrebbe dovuto essere una giornata di festa.

La morte di un amico e grande appassionato come Adriano Parlamento ha scosso e lasciato tutti con una tristezza che solo momenti drammatici come questi possono incidere nella nostra memoria.

Poi la decisione di ritornare su quel tracciato dopo qualche anno, con l'intenzione di finire un qualcosa lasciato a metà, ma soprattutto con la ferma volontà di riportare quel benedetto record, che durava da ormai troppi anni, a Brescia.

Il destino ha voluto che fosse anche l'ultima gara a vedere presente mio padre: porterò sempre con me il ricordo dell'abbraccio che ci ha uniti alla discesa della prima manche quando il record era già ormai battuto.

Se ne è andato qualche mese dopo lasciando a me e a tanti amici e appassionati bresciani un grande vuoto.

Lui questa gara l'aveva amata sin dall'inizio, la valle è stata la sua e la mia seconda casa (mamma Silvia è nata a Pisogne), l'aveva vinta alla 2ª edizione nel 1965, primo bresciano a riuscirci, sotto un diluvio incredibile con il tempo più alto mai stabilito per quella gara (proprio a causa delle condizioni atmosferiche), e il minimo che io potessi fare era riuscire a essere il pilota più veloce di sempre a salire quei 9 km scarsi che separano Malegno da Borno.

La sua migliore prestazione resta, comunque, quell'incredibile 3° posto assoluto del 1967 alle spalle di *Pam* e *Noris*, unici 3 piloti a scendere allora sotto il muro dei 5 minuti.

Oggi posso dire, senza timore di essere smentito, che questa corsa appartiene alla famiglia Caffi più che a chiunque altro... primi bresciani a vincerla, primi a riuscire a scrivere il proprio nome nell'Albo d'Oro tramandando la tradizione di padre in figlio, primi a vincerla con una vettura Turismo, primi a vincerla con una vettura Formula e, se aggiungiamo le partecipazioni e le vittorie di classe degli zii Guido e Nello, credo che forse riusciamo a contare un numero importante in senso assoluto... detentori del record assoluto di *manche* e di gara, ma il primato al quale tengo più di tutti e che nessuno ha mai sottolineato è la percentuale perfetta fra partecipazioni e vittorie 2 su 2 = 100%.

E per il futuro ancora tanti progetti e speranze, il primo è un sogno personale, ovvero quello di vedere una terza generazione di Caffi salire il più velocemente possibile fra i tornanti e i rettilinei della *Borno*, compito questo che forse un giorno sarà compiuto dai miei 2 figli Michele e Valentino.

Il secondo è una realtà più immediata e legata alla *Squadra Corse Angelo Caffi* nata in ricordo di mio padre, con l'intenzione di portare un giovane bresciano alla conquista di questo ambitissimo trofeo e magari un giorno, *chicanes* permettendo, riuscire a scendere sotto il muro dei 3 minuti e 40 secondi.

Ad majora!

---

* Pilota automobilistico (Formula 1 – Imsa – Prototipi – Salite – GT - Rally).

LA GENESI DI UN'IDEA

Roberto Salvetti

L'idea mi è giunta come un fulmine in testa, sfogliando un paio di pubblicazioni che un noto periodico di automobilismo aveva diffuso nelle edicole come supplemento: si trattava di alcuni racconti e aneddoti sulla vita di Enzo Ferrari e di Ayrton Senna, impreziositi da splendide tavole a fumetti che ne illustravano alcuni passaggi importanti della loro storia, sportiva e umana.

I disegni erano curati dalla stessa *équipe* grafica che da anni realizza la saga a fumetti di *Michel Vaillant*, molto popolare in Francia ma conosciuta e apprezzata tra gli appassionati di automobilismo e di fumetti anche nel resto del mondo.

Affascinato da questo modo di raccontare le gare automobilistiche, ho scorso le pagine una prima volta con la stessa avidità dei bambini che, acquistato un giornalino, ne pregustano già l'intero contenuto sfogliandolo rapidamente nel tragitto che porta dall'edicola alla scuola.

Poi mi sono letteralmente bloccato sul racconto della *Mille Miglia* del 1948, l'ultima epica impresa di un Tazio Nuvolari già anziano e malato che, spronato da Enzo Ferrari, su una sua vettura sfiorò una meritata e straordinaria vittoria, purtroppo sfumata a causa di un guasto che a poco dal traguardo lo lasciò a piedi.

Già a conoscenza di quell'episodio, epicamente testimoniato peraltro anche dai cinegiornali dell'epoca, sono rimasto colpito dall'efficacia di quei disegni e ho provato così a immaginare l'effetto che avrebbe potuto generare una vettura da corsa, riprodotta con pennino e inchiostro di china, immersa nella *location* della Valle Camonica.

La storia c'era già: anni e anni di concorrenti, vetture, piloti professionisti o appassionati e agguerriti dilettanti del volante, gli odori dell'olio di ricino e delle balle di paglia, la gente accalcata sui prati o a bordo strada, le piogge che spesso rimescolano i pronostici, le gioie e le tragedie, le sospensioni e le riprese...

Alcune scene erano già state immortalate con mano sapiente da fotografi professionisti, altre, mai pubblicate, sono finite dimenticate negli archivi polverosi di un quotidiano, altre ancora sono state solo raccontate nei servizi di cronaca senza però alcun contributo visivo.

Si trattava di unire tutti questi ricordi, di creare un filo conduttore narrativo, anche visivo, per raccontare le origini di una cronoscalata che si avvia verso i 50 anni di storia, e che oggi può essere considerata l'ultimo baluardo di una categoria di corse in Lombardia ormai pressoché scomparsa.

Sono seguite settimane, diciamo anche mesi, di ricerca di documentazione: cronache, articoli, immagini, responsi cronometrici e classifiche.

Poi i disegni: oramai l'idea c'era, l'intenzione anche, così, dopo vari bozzetti di studio e di prova, l'idea si è concretizzata prendendo pian piano forma.

La storia del *Trofeo Vallecamonica*, in realtà, non viene qui narrata nella completezza delle sue edizioni disputate, ma si limita alle prime venti.

I motivi sono molteplici, ma la ragione principale è l'aver voluto illustrare la gara camuna nelle sue origini, negli anni "ruggenti", in bianco e nero, delle Porsche, delle Alfa Giulia, delle Lancia Fulvia e delle Abarth, gli anni in cui la partenza era situata presso il piazzale dell'asilo di Malegno e che lì è stata mantenuta per venti edizioni esatte.

Durante questo viaggio nella memoria tra vetture e "corridori" – allora li chiamavano così! – era doveroso dare il giusto spazio anche ai piloti locali, molti dei quali – quelli non professionisti che correvano più che altro per diletto – finita la gara utilizzavano la stessa vettura anche nella vita di tutti i giorni, considerato che ancora non c'erano i mezzi di oggi tra rimorchi, assistenti meccanici e treni di gomme di riserva.

Non me ne vogliano alcuni concorrenti non menzionati in questi vent'anni di storia, ma sono veramente tantissimi, dal veterano che ha preso parte a tutte le edizioni, fino ad arrivare all'ultimo classificato nella sua unica partecipazione: va da sé che – anche solo per citarli tutti – non sarebbero bastate mille pagine; a loro è idealmente dedicato questo libro, poiché è anche grazie a loro se oggi siamo qui a raccontare il successo di una gara automobilistica al cui richiamo è sempre accorso un numero considerevole di piloti e di spettatori.

NELL'ESTATE 1963, IL QUOTIDIANO LOCALE "GIORNALE DI BRESCIA" DEDICA UN ARTICOLO AL DECIMO ANNIVERSARIO DELLA MORTE DI *FILIPPO TASSARA* (MORTO A SOLI 53 ANNI, POCHI GIORNI DOPO IL FERRAGOSTO DEL 1953, MENTRE SI TROVAVA IN VACANZA CON LA FAMIGLIA), FIGURA IMPORTANTE DELL'AUTOMOBILISMO SPORTIVO NAZIONALE.
GIORNALE DI BRESCIA
1963

TASSARA PARTECIPO' TRA GLI ANNI '30 E GLI ANNI '40 A NUMEROSE IMPORTANTI GARE AUTOMOBILISTICHE TRA CUI LA "MILLE MIGLIA", IL "CIRCUITO DEL GARDA" E LA STORICA SALITA AL "COLLE DI SANT'EUSEBIO", TANTO PER CITARNE ALCUNE...

AL MOMENTO DELLA SCOMPARSA RICOPRIVA IL RUOLO DI PRESIDENTE DELL'AUTOMOBILE CLUB DI BRESCIA, ATTIVO SOPRATTUTTO NELL'ORGANIZZAZIONE E NELLA CRESCITA DELLA "MILLE MIGLIA".

VIENE QUINDI PRESA IN CONSIDERAZIONE L'IDEA DI DEDICARE UNA GARA AUTOMOBILISTICA ALLA SUA MEMORIA.

INIZIALMENTE IL PROGETTO PREVEDE UNA CRONOSCALATA SU UN PERCORSO DI CIRCA 20 KM, PARTENDO DA *BRENO* PER ARRIVARE FINO A *BAZENA*, PASSANDO PER LE FRAZIONI DI *PESCARZO* E *ASTRIO*, TRACCIATO TECNICAMENTE DIFFICILE E POTENZIALMENTE VALIDO PER AMBIRE A UN EVENTUALE FUTURO INSERIMENTO NEL CALENDARIO EUROPEO DELLA MONTAGNA.
PESCARZO
50

DIFFICOLTA' TECNICO-ORGANIZZATIVE, PERO', IMPONGONO LA SCELTA DI DISPUTARE LA CORSA SU UNO DEI PERCORSI ALTERNATIVI PRESENTI NELLA ZONA...

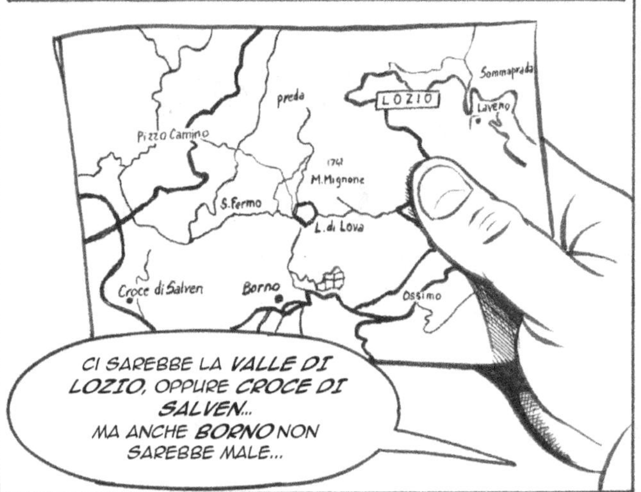

VIENE SCELTA QUEST'ULTIMA SOLUZIONE. LA CARROZZABILE CHE DA MALEGNO PORTA A BORNO E' STATA ASFALTATA DA POCHI ANNI E RISULTA OTTIMA PER LE SUE CARATTERISTICHE: TORNANTI, AMPIE CURVE CON TRATTI MISTI ALTERNATI A LUNGHI TRATTI VELOCI.

RENZO CASTAGNETO, CHE ERA IN OTTIMI RAPPORTI CON FILIPPO TASSARA NONCHE' DIRETTORE DELL'ACI BRESCIA, VIENE CONTATTATO TRAMITE ALCUNI AMICI DALL'ASSESSORE AL TURISMO BORNESE BONOMO BAISOTTI (FIGURA IMPORTANTE E ATTIVISSIMA CHE LEGHERA' IL SUO NOME PER DECENNI ALLA CORSA CAMUNA), IL QUALE SI PRENDE CARICO DEL PROGETTO...

CASTAGNETO, UN PASSATO SPORTIVO DA CICLISTA E IN SEGUITO DA MOTOCICLISTA, DOPO UN BREVE PERIODO TRASCORSO NEL GIORNALISMO CONTRIBUISCE ALLA NASCITA DELL'AUTOMOBIL CLUB DI BRESCIA, DIVENENDONE ANCHE IL PRIMO DIRETTORE. ASSIEME AGLI AMICI FRANCO MAZZOTTI, GIOVANNI CANESTRINI E IL CONTE AYMO MAGGI DA' VITA, SUL FINIRE DEGLI ANNI '20, ALLA "MILLE MIGLIA".

CI VORRANNO ALCUNE RIUNIONI PER VERIFICARE LA SICUREZZA DEL PERCORSO E APPIANARE ALCUNE DIFFICOLTA' TECNICHE.
GLI INCONTRI AVVENGONO ALLO STORICO "ALBERGO POSTA" DI DARFO...
ALBERGO POSTA
RISTORANTE
FINE

IL PRIMO SOPRALLUOGO SUL TRACCIATO CHE DA MALEGNO PORTA ALL'ALTOPIANO DI BORNO VIENE EFFETTUATO DA BONOMO BAISOTTI, RENZO CASTAGNETO E ORESTE CADEO, DIRIGENTE TECNICO DEL COTONIFICIO "OLCESE" DI COGNO...
BS·9 0818
SARA' LA "MILLE MIGLIA" DELLE CORSE IN SALITA !
TECNICAMENTE PERFETTA !

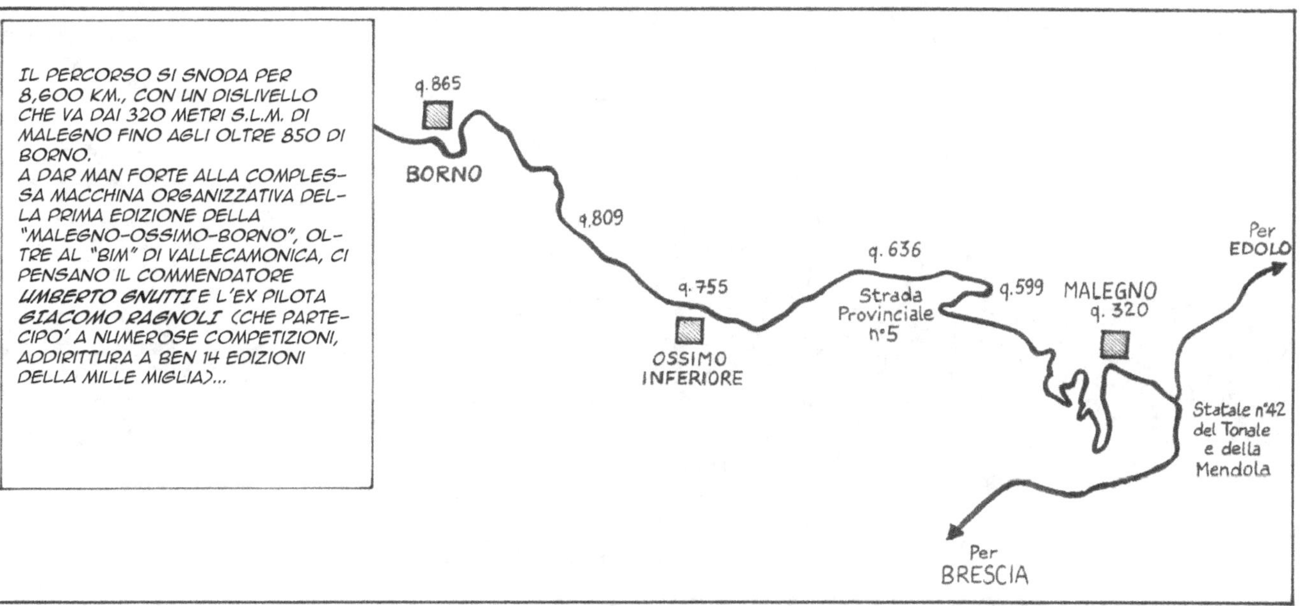

IL PERCORSO SI SNODA PER 8,600 KM., CON UN DISLIVELLO CHE VA DAI 320 METRI S.L.M. DI MALEGNO FINO AGLI OLTRE 850 DI BORNO.
A DAR MAN FORTE ALLA COMPLES- SA MACCHINA ORGANIZZATIVA DEL- LA PRIMA EDIZIONE DEL- LA "MALEGNO-OSSIMO-BORNO", OL- TRE AL "BIM" DI VALLECAMONICA, CI PENSANO IL COMMENDATORE UMBERTO GNUTTI E L'EX PILOTA GIACOMO RAGNOLI (CHE PARTE- CIPO' A NUMEROSE COMPETIZIONI, ADDIRITTURA A BEN 14 EDIZIONI DELLA MILLE MIGLIA)...
q. 865
BORNO
q. 809
q. 755
OSSIMO INFERIORE
q. 636
Strada Provinciale n°5
q. 599
MALEGNO q. 320
Per EDOLO
Statale n°42 del Tonale e della Mendola
Per BRESCIA

COME LUOGO DI RITROVO PER LE VERIFICHE TECNICO-SPORTIVE SI PENSA INIZIALMENTE A BRENO, MA LA MAGGIOR DETERMINAZIONE DEL COMUNE DI BOARIO TERME (APPOGGIATO PERALTRO DA DUE COLLABORATORI ALL'ORGANIZZAZIONE DELLA GARA, *GIOVANNI SANTAMBROSIO* E L'AVVOCATO *MARIO CANONICA*, RISPETTIVAMENTE TITOLARE E DIRETTORE DELLA SOCIETA' TERMALE DI BOARIO) RIESCE AD AVERE LA MEGLIO.

NEL POMERIGGIO DI VENERDI' 21 AGOSTO 1964 HANNO QUINDI LUOGO NEL PIAZZALE DELLA STAZIONE DI BOARIO TERME LE "PUNZONATURE" DELLE VETTURE PARTECIPANTI. CATEGORIE AMMESSE AL VIA: TURISMO (CLASSI DA 500 A 3000 CMC), GRAN TURISMO (DA 700 A OLTRE 2500), FORMULA JUNIOR "BABY" (CLASSE 500) E FORMULA 3 (CLASSE 1000). LA "MILLE MIGLIA DELLE CORSE IN SALITA" E' ORAMAI DIVENTATA UNA REALTA'.

LA MATTINA SUCCESSIVA, SABATO 22 AGOSTO, UNA PIOGGIA BATTENTE RISCHIA DI ROVINARE IL DEBUTTO DI QUESTA MANIFESTAZIONE!

FORTUNATAMENTE LA PIOGGIA CESSA DI CADERE, IL TRACCIATO SI ASCIUGA E ALLE ORE 14.30 LA PRIMA VETTURA PRENDE IL VIA PER LE PROVE UFFICIALI. E' L'INIZIO DI UNA LUNGA E APPASSIONANTE AVVENTURA...

L'ESORDIO DELLA MALEGNO-BORNO E' CARATTERIZZATO DAL FATTO CHE LE PROVE NON SONO UFFICIALMENTE CRONOMETRATE E I CONCORRENTI SALGONO A UN'ANDATURA PIUTTOSTO BLANDA, PIU' CHE ALTRO PER "PRENDER LE MISURE" DI UN TRACCIATO ANCORA TUTTO DA SCOPRIRE...

UNO DEI GRANDI FAVORITI E' IL VERONESE DI ORIGINI CAMUNE GIACOMO MOIOLI, NOTO CON LO PSEUDONIMO DI "NORIS". HA 42 ANNI E STA ATTRAVERSANDO UN PERIODO BRILLANTE: IN QUESTA STAGIONE HA GIA' OTTENUTO 5 VITTORIE ASSOLUTE !
ARR

TRA I NOMI DI SPICCO ANCHE TONINO ASCARI, FIGLIO DI ALBERTO, INDIMENTICATO FERRARISTA DUE VOLTE CAMPIONE DEL MONDO DI FORMULA 1, SCOMPARSO TRAGICAMENTE NEL 1955...
141

UN ALTRO FAVORITO E' IL BRESCIANO ODDONE SIGALA, EX CALCIATORE, CHE SI SCHIERA AL VIA CON UNA FERRARI 3000. ECCOLO IN AZIONE NEL VIVO DELLA GARA !
131

A SOLI 24 ANNI DEBUTTA FEDERICO TASSARA, CHE SI PRESENTA AL VIA DI QUESTA PRIMA EDIZIONE DEL "TROFEO VALLECAMONICA" PER ONORARE LA MEMORIA DEL PADRE FILIPPO, AL QUALE E' APPUNTO INTITOLATO IL TROFEO.
IL RISULTATO E' PIU' CHE ONOREVOLE: CON LA SUA PORSCHE 1600 E IL TEMPO DI 5'47"7 SI PIAZZA SECONDO DI CLASSE ALLE SPALLE DI "NORIS" E AL NONO POSTO ASSOLUTO IN GRADUATORIA FINALE.
120
VROOM...
DUNLOP

IN BELLA EVIDENZA, I PILOTI LOCALI NON MANCANO DI COGLIERE RISULTATI DI PRESTIGIO, COME *ANGELO CAFFI* CHE CON LA SUA ALFA ROMEO GIULIETTA OTTIENE UN OTTIMO 5'55"6 VINCENDO LA CLASSE 1300 DELLA CATEGORIA "TURISMO"...

"NORIS" TAGLIA IL TRAGUARDO DI BORNO OTTENENDO CON LA SUA PORCHE 904 UN TEMPO STREPITOSO...

SPETTACOLARE ! 5'05"4 A OLTRE 101 KMH DI MEDIA! ...MA ORA ATTENDIAMO L'ARRIVO DELLA FERRARI DI SIGALA...

LA VETTURA PIOMBA SUL TRAGUARDO VELOCISSIMA, MA IL SUO TEMPO E' DI POCO SUPERIORE A QUELLO FATTO SEGNARE DA "NORIS". NIENTE DA FARE QUINDI PER IL CAMUNO: CON IL TEMPO DI 5'07"0 DEVE ACCONTENTARSI DELLA PIAZZA D'ONORE.

LA SODDISFAZIONE DI GIACOMO MOIOLI E' EVIDENTE...

...E IL PROSSIMO ANNO CERCHEREMO DI ABBASSARE IL RECORD !

IN EFFETTI "NORIS" E' IL GRANDE FAVORITO ANCHE NELLA SECONDA EDIZIONE, MA IN QUEL 1965 LA VERA PROTAGONISTA DELLA CRONOSCALATA E' LA PIOGGIA !

L'ABARTH 850 DI *GIANNI VEDOVELLO* SCHIZZA ACQUA DA OGNI CURVA, MA RIESCE A SALIRE AGILE E VELOCE !

LE PICCOLE MONOPOSTO DI FORMULA JUNIOR SEMBRANO DEI VERI E PROPRI MOTOSCAFI SOTTO IL DILUVIO! UNA "JUNIOR 500" EVITA FORTUNOSAMENTE DI VOLARE NEL PRATO SOTTOSTANTE, GIRANDO SU SE' STESSA CON LA RUOTA POSTERIORE IMPIGLIATA IN UN PARACARRO!...
SHHHHH...

KROOO
"RAFFY" AL VOLANTE DI UNA TAGLIANI 500 VINCE LA CATEGORIA IN 6'40"6, POCO OLTRE I 77 KMH DI MEDIA...

MALEGNO
50
149
UNA VERA E PROPRIA BUFERA CONDIZIONA GLI ESITI DELLA GARA. LE VETTURE MENO POTENTI SEMBRANO TROVARSI A LORO AGIO SUL BAGNATO. ECCO GIULIANO COMENSOLI SU ALFA ROMEO GIULIETTA...

LE PROVE UFFICIALI DEL SABATO INVECE DAVANO BEN ALTRO RESPONSO, CON IL FAVORITO "NORIS" CHE, SEMPRE CON UNA PORSCHE 904 GTS, ERA AUTORE DEL SECONDO MIGLIOR TEMPO...
151

...MENTRE AL PRIMO POSTO FIGURAVA VINCENZO "NANNI" NEMBER SU FERRARI 250 GTO, IL QUALE IPOTECAVA LA VITTORIA RELEGANDO "NORIS" A 4 SECONDI E L'ALTRA FERRARI DI ODDONE SIGALA ADDIRITTURA A 24". MA DURANTE LE PROVE SI VIAGGIAVA SULL'ASCIUTTO...
169

...SUL BAGNATO INVECE, LA POTENTE FERRARI GTO E' ASSOLUTAMENTE INCONTROLLABILE...
DANNAZIONE! ...NON RIESCO PIU' A TENERLA IN PISTA...
169

GLI ALTRI DUE FERRARISTI, ODDONE SIGALA ED EDOARDO LUALDI GABARDI SONO A LORO VOLTA COSTRETTI A SALIRE CON MOLTA PRUDENZA, ACCONTENTANDOSI DI PORTARE A TERMINE LA GARA. PRIMA DI LORO PERO' SON SALITE LE VETTURE TURISMO DI SERIE: FIAT 500, ABARTH, ALFA ROMEO GIULIA. PROPRIO ALLA GUIDA DI QUEST'ULTIMA SI DISTINGUE IL BRESCIANO *ANGELO CAFFI* DELLA SCUDERIA "BRESCIA CORSE"...

CHE A SORPRESA VINCE, CON IL TEMPO DI 6'09"8 ALLA MEDIA DI 83,791 KMH, PRECEDENDO LE ABARTH DI GIANBATTISTA GUARNERI E DI "POPPA".

ARRIVIAMO COSÌ ALLA TERZA EDIZIONE, 1966.
SONO 140 I CONCORRENTI ISCRITTI QUEST'ANNO.
MANCA PERO' "NORIS" CHE, DOPO UN PRIMO SOPRALLUOGO NEI GIORNI PRECEDENTI LA GARA, DECIDE INSPIEGABILMENTE DI NON PRENDERVI PARTE.
TORNA INVECE EDOARDO LUALDI GABARDI.
L'INDUSTRIALE LANIERO DI BUSTO ARSIZIO HA SEMPRE A DISPOSIZIONE VETTURE MOLTO POTENTI CON CUI HA COLTO NUMEROSE VITTORIE ASSOLUTE NELLE CORSE IN SALITA DI TUTTA ITALIA, TRA GLI ANNI '50 E GLI ANNI '60.
A MALEGNO NON HA ANCORA VINTO: CI RIPROVA ALLA GUIDA DI UNA "FERRARI DINO".

QUESTA VOLTA DOVRA' VEDERSELA CON L'ASTRO NASCENTE DELL'AUTOMOBILISMO NAZIONALE, IL VENTISEIENNE LUMEZZANESE *MARSILIO PASOTTI* CHE CORRE CON LO PSEUDONIMO DI "PAM". ANCHE LUI ISCRITTO CON LA FERRARI DINO NELLA STESSA CATEGORIA DI LUALDI...

IL VINCITORE DELLA SCORSA EDIZIONE, CAFFI, QUEST'ANNO E' AL VIA CON UNA ABARTH 2000
CONTRO LE FERRARI, QUEST'ANNO DI VINCERE NON SE NE PARLA PROPRIO !

MA IL FAVORITO DA BATTERE QUESTA VOLTA E' IL 27ENNE MODENESE MARIO CASONI. LA SCUDERIA BRESCIA CORSE DI ALFREDO BELPONER GLI METTE A DISPOSIZIONE NIENTEMENO CHE UNA FORD GT40, UN MOSTRO DA OLTRE TRECENTO CAVALLI PER 4700 CENTIMETRI CUBICI DI CILINDRATA...

IL BRESCIANO GIANCARLO SALA RIESCE NELL'IMPRESA DI VINCERE IN DUE CLASSI DIFFERENTI: DAPPRIMA NELLE 1300 TURISMO CON LA MINI COOPER E SUCCESSIVAMENTE, IN UNA SECONDA SALITA (DOPO ESSERE RIDISCESO A VALLE IN MOTO PERCORRENDO SCORCIATOIE E MULATTIERE VARIE), CON UNA ALFA ROMEO TZ NELLE SPORT 1600, PIAZZANDOSI ANCHE 7° ASSOLUTO !

"PAM" CON LA SUA FERRARI DINO CI METTE TUTTA LA GRINTA POSSIBILE...
CADUTA SASSI PER Km 6(N)
LA MACCHINA STA ANDANDO BENE! SENTO CHE ANCHE QUESTA VOLTA SARA' UN BRESCIANO A VINCERE LA CORSA...

MA LA FORD DI CASONI, NONOSTANTE I FORSE TROPPI CAVALLI DI POTENZA PER UNA STRADA DI MONTAGNA, RIESCE AD AVERE LA MEGLIO, DAVANTI A CIRCA 80 MILA SPETTATORI !
INFATTI , MENTRE SOTTO LA GUIDA DEL "PATRON" RENZO CASTAGNETO PARTONO LE ULTIME VETTURE DI FORMULA, LO SPEAKER GINO BINI NE ANNUNCIA LA VITTORIA...
STRAORDINARIO !!!
RECORD DEL TRACCIATO PER MARIO CASONI CHE VINCE IN 4 MINUTI E 41 SECONDI NETTI ! AL SECONDO POSTO LUALDI IN 4'42"1 E POI "PAM", CHE COMPLETA IL PODIO IN 4'43"2!
ROARR
PAM852D

20 AGOSTO 1967: RECORD DI ISCRITTI (PIU' DI 200!) E PIENONE DI PUBBLICO ASSICURANO IL SUCCESSO ANCHE A QUESTA QUARTA EDIZIONE, A TRATTI DISTURBATA DAL MALTEMPO.
LA DOTAZIONE DEI PREMI DI GARA QUEST'ANNO E' ARRICCHITA DA UNA COPPA SPECIALE OFFERTA DALLA PRESIDENZA DEL CONSIGLIO DEI MINISTRI, A DIMOSTRAZIONE DI QUANTO VIENE TENUTA IN CONSIDERAZIONE QUESTA GARA AUTOMOBILISTICA.
UNO DEI PROTAGONISTI DELLE CRONOSCALATE DI BRESCIA E DINTORNI E' IL GIOVANE DOMENICO LO COCO...

GIANCARLO SALA TENTA DI RIPETERE L'IMPRESA REALIZZATA L'ANNO PRECEDENTE: CON LA SUA ALFA ROMEO "TZ" SI PIAZZA IN GRADUATORIA FINALE AL QUARTO POSTO ASSOLUTO!

ECCO UN ALTRO GIOVANE "GENTLEMAN DRIVER" CHE NEGLI ANNI DIVERRA' MOLTO POPOLARE TRA GLI APPASSIONATI SPORTIVI: SI TRATTA DI LUCIANO DAL BEN, CHE CORRE NELLA CATEGORIA "SPORT" CON QUESTA FIAT 850 COUPE', DOPO UNA PASSATA ESPERIENZA DUE ANNI PRIMA AL VOLANTE DI UNA FIAT 1500...

LA PIOGGIA HA UN SAPORE BEFFARDO PER IL PRIMO CONCORRENTE AL VIA: IL PARMENSE CARLETTO NESTI SU "CRM 875" VIENE TRADITO DA UN TESTACODA...

OLTRE A SALA, ANCHE TASSARA E LO COCO EFFETTUANO DUE SALITE IN DUE CLASSI DIFFERENTI.
TRA I GIOVANI PILOTI, INIZIA A FARSI CONOSCERE ANCHE ENNIO BONOMELLI, CHE CON UNO DEI PRIMI ESEMPLARI DELLA PORSCHE 911 SI CLASSIFICA AL 6° POSTO ASSOLUTO, VINCENDO LA CLASSE 2000 IN CATEGORIA "TURISMO".
DA TENERE D'OCCHIO ANCHE ARDUINO BECCHETTI CON L'ABARTH E FEDERICO TASSARA SU ABARTH SPORT. ENTRAMBI FINISCONO TRA I PRIMI 15 ASSOLUTI.
DA SEGNALARE ANCHE IL CAMUNO GIANNI SAGRINI CHE VINCE LA CLASSE 1000 IN CATEGORIA "GRAN TURISMO" CON UNA "N.S.U.", POI ANCORA SERGIO SEROSA PRIMO IN CLASSE 500 "TURISMO" E IL BERGAMASCO GIAMPIERO CATTANEO, CHE SU FERRARI BATTE LE ALFA ROMEO DI MONTICONE E BONFANTI NELLA "GRAN TURISMO".

ECCO IL BUON VECCHIO "NORIS" AL VIA CON UNA NUOVA PORSCHE "CARRERA 6", CON LA QUALE TENTA DI RINVERDIRE L'ALLORO VINTO TRE ANNI ADDIETRO. L'ORGANIZZAZIONE METTE IN PALIO LA "TARGA D'ORO" INTITOLATA A FILIPPO TASSARA, CHE VERRA' ASSEGNATA AL PILOTA CHE RIUSCIRA' PER PRIMO A VINCERE LA "MALEGNO-OSSIMO-BORNO" PER DUE VOLTE, ANCHE NON CONSECUTIVE. PER ANGELO CAFFI, VINCITORE NEL 1965, POTREBBE ESSERE UN'OTTIMA OCCASIONE: AL MOMENTO CONSERVA IL MIGLIOR TEMPO DI 4'59"5 OTTENUTO CON L'ABARTH. MA ORA TOCCA A "NORIS"!

...PRONTI PER
IL BIS ?
...VIA !!!

C'E' ANCHE UNA DONNA AL VIA: LELLA LOMBARDI, CHE ANNI PIU' TARDI ESORDIRA' ANCHE IN FORMULA 1. ECCOLA AFFRONTARE I TORNANTI E GIUNGERE TERZA NELLA CATEGORIA FORMULA 3...

INFINE "PAM". IL LUMEZZANESE CI RIPROVA CON LA STESSA FERRARI DINO UTILIZZATA L'ANNO PRECEDENTE...

HA APPENA AFFRONTATO LA "CURVA DEL VENTO" QUANDO LO SPEAKER ANNUNCIA CHE "NORIS" HA TAGLIATO IL TRAGUARDO IN 4'53"5 SCAVALCANDO CAFFI !
MIMMO LO COCO E' TRANSITATO IN 5'24"2 A BEN 30" DA ENNIO BONOMELLI CHE VINCE LA CLASSE TURISMO 2000.
STAVOLTA "PAM" NON MANCA ALL'APPUNTAMENTO CON LA VITTORIA: 4'52"3. IL RECORD DI MARIO CASONI E' E' IMBATTUTO, MA LA SODDISFAZIONE E' MOLTA.

LA "MALEGNO-OSSIMO-BORNO" DOPO SOLE 4 EDIZIONI E' GIA' DIVENUTA UNA TRADIZIONE, CON UN CONSOLIDATO SUCCESSO DI PUBBLICO, COMPOSTO SIA DAGLI APPASSIONATI SIA DAI TURISTI CHE PROVENGONO DALLE VICINE PROVINCIE LOMBARDE...
ECCOCI AL 1968. DO- MENICA 25 AGOSTO...
1968
260
QUESTA QUINTA EDIZIONE (COME QUELLA DEL 1965) VIENE DISTURBATA DALLA PIOGGIA CHE, CADENDO A INTERMITTENZA DURANTE LA CORSA, CONDIZIONA I RISULTATI CRONOMETRICI, RISERVANDO DELLE SORPRESE NELLE PARTI ALTE DELLA CLASSIFICA. L'ALTO NUMERO DI ISCRITTI ALLA COMPETIZIONE (OLTRE 300!), UNITAMENTE ALLE TROPPE SOSTE CAUSATE DAGLI INCIDENTI IN GARA, NE PROTRAGGONO LO SVOLGIMENTO, CHE SI CONCLUDE QUASI ALL'IMBRUNIRE.

SCOPPIA ANCHE IL CASO "NORIS". IL VERONESE PRENDE PARTE ALLE PROVE UFFICIALI CON UNA NUOVA PORSCHE E OTTIENE IL MIGLIOR TEMPO, MA QUALCUNO ACCUSA IRRE- GOLARITA' ...
...COME SAREBBE A DIRE ?!? PERCHE' NON POTREI PRENDER PARTE ALLA GARA???
QUALCUNO AFFERMA CHE LA TUA VETTURA NON E' ANCORA OMOLOGATA PER LE COMPETIZIONI NAZIONALI!

...E VENITE A DIRMELO ADESSO ???
AUTOMOBILE CLUB DI BRESCIA
TROFEO VALLE CAMONICA
MALEGNO - BORNO
MOLTI TRA I CONCORRENTI SI SONO COALIZZATI, FIRMANDO UNA PETIZIONE DI DISSENSO. PURTROPPO DOMANI NON POTRAI CORRERE !
BRESCIA CLUB

"NORIS" QUINDI E' FUORI DAI GIOCHI. ECCO ALTRI PROTAGO- NISTI: IL CAMUNO GIUSEPPE CATTANE, POPOLARE IN TUTTA LA VALLE COME "BEPE DEL BADET" (IN QUANTO ORIGINARIO DELLA LOCALITA' "BADETTO DI CETO"). AMA DARE SPETTA- COLO, ANCHE SE SPESSO LA FORTUNA NON LO RIPAGA.
303
CATTANE DIVIENE FAMOSO ANCHE PER LE SOVENTI RIPARA- ZIONI EFFETTUATE SULLE SUE VETTURE IN PIENA NOTTE, DOPO AVERLE DANNEGGIATE NEGLI INCIDENTI IN PROVA. IN QUESTO MODO POTEVA PRESENTARSI ALL'INDOMANI E PRENDERE IL VIA REGOLARMENTE ALLA GARA...

UN ALTRO GIOVANE BRESCIANO, L'AVVOCATO GIAN-FRANCO ROVETTA, GAREGGIA CON L'ALFA ROMEO GTA NEL "TURISMO GRUPPO 2" CON CUI GIUNGE SECONDO ASSOLUTO, AIUTATO ANCHE DALLE CONDIZIONI METEO-ROLOGICHE...

LE STESSE CONDIZIONI FAVORISCONO ANCHE L'ARTEFICE DEL PRIMO POSTO ASSOLUTO, IL TORINESE TRENTANOVENNE MARIO REGIS, TITOLARE DI UN'OFFICINA MECCANICA A CHIVASSO. GUIDANDO UN'ALFA ROMEO GTA, ALLA BUONA MEDIA DI 100 KMH, IN 5'09"4 VINCE SFIDANDO POZZANGHERE E RIVOLI D'ACQUA!

VROOM
218

24 AGOSTO 1969. VISTI I PROBLEMI DELL'ANNO PRECEDENTE, GLI ORGANIZZA-TORI STABILISCONO UN LIMITE MASSIMO ALLE ISCRIZIONI, CHE VENGONO RI-DOTTE A 150. NON PER QUESTO MANCA PERO' LA QUALITA': MOLTI I CANDIDATI ALLA VITTORIA FINALE, DAL SOLITO "NORIS" CON I GIOVANI ENNIO BONOMELLI E TONY PELIZZONI, TUTTI ISCRITTI CON LE PORSCHE CARRERA "6" E "10". MA LA SCUDERIA "BRESCIA CORSE" HA IN SERBO UNA SORPRESA IN PIU' PER QUEST'ANNO....

SI TRATTA DEL PIEMONTESE VENTOTTENNE FRANCO PILONE, L'APPREZZATO COLLAUDA-TORE UFFICIALE ABARTH DAL FISICO "EXTRALARGE"...

SCUDERIA
BRESCIA
CORSE
1969

...STA INIZIANDO A PIOVERE !
...SPERIAMO CHE LA PIOGGIA NON TI COMPROMETTA LA GARA...

TOCCA A *ROSADELE FACETTI* IL COMPITO DI DIFENDERE I COLO-RI FEMMINILI. LA VEDIAMO SCHIERARSI ALLA PARTENZA CON L'INSEPARABILE LANCIA FULVIA HF NELLE "TURISMO GRUPPO 2". LA RAGAZZA VA FORTE: CON IL TEMPO DI 5'21"1 SI METTE DIETRO LE ALFA GTA DI HANS BRUNNER E VALERIO MORRA. UN'ALTRA ESPONENTE DEL GENTIL SESSO, SILVIA STROBELE, VINCE LA CLASSE 1600 DEL GRUPPO 3 GUIDANDO NIENTEMENO CHE UN'INSOLITA ALFA ROMEO "DUETTO"!

E' PROPRIO LA SQUADRA CORSE DI ALFREDO BELPONER A ISCRIVERLO A QUESTA SESTA EDIZIONE NEI PROTOTIPI DI GRUPPO 6 CON UN'ABARTH 2000: MOTORE 4 CILINDRI IN LINEA DA 1946 CC. PER 245 CAVALLI DI POTENZA CON UNA VELOCITA' DI OLTRE 250 KMH...

LE PROVE UFFICIALI SONO APPANNAGGIO DI "NORIS" CHE SUR-CLASSA TUTTI IN 4'30"9 ABBASSANDO UFFICIOSAMENTE DI BEN 11" IL PRECEDENTE RECORD DI MARIO CASONI. E' PREVISTO UN PREMIO EXTRA DI 100.000 LIRE PER CHI BATTE-RA' IL RECORD NELLA GARA DI DOMENICA.

MA IN GARA LE COSE VANNO DIVERSAMENTE E ANCHE STA-VOLTA LA PIOGGIA CI METTE LO ZAMPINO, IMPLACABILE, FINO A META' GARA. QUANDO I FAVORITI PRENDONO IL VIA, IL TRACCIATO HA APPE-NA INIZIATO AD ASCIUGARSI, RIMANENDO BAGNATO IN ALCUNI TRATTI. "MATICH" SU ABARTH 2000 CUNEO DELLA SCUDERIA "MIRABELLA" RIESCE A RISALIRE FINO AL TERZO POSTO SI-GLANDO UN BUON 4'46"2.

PILONE SA APPROFITTARE DELLA SITUAZIONE MEGLIO DI TUTTI E STACCA UN OTTIMO 4'42"3 A 110 KMH DI MEDIA. UN PO' LONTANO DAL RECORD MA SUFFICIENTE PER AGGIUDICARSI LA GARA. ENNIO BONOMELLI, RITIRATOSI IN PROVA PER UN GUASTO ALLA SUA PORSCHE, RIESCE A PARTECIPARE ALLA GARA GRAZIE A UN GESTO SPORTIVO E GENEROSO DELL'AMICO "GIBI" GUARNERI CHE GLI CEDE LA PROPRIA VETTURA.

NIENTE DA FARE PERO' PER LUI, CHE CHIUDE AL 4. POSTO ADDIRITTURA DA-
VANTI A UN "NORIS" INDUBBIAMENTE POCO A SUO AGIO IN QUESTE CONDI-
ZIONI. *TONY PELIZZONI* TAGLIA IL TRAGUARDO COGLIENDO UNO SPLENDIDO
2° POSTO ASSOLUTO PRECEDENDO "MATICH" DI UN SOLO DECIMO.
PER IL VENTIDUENNE ALTOATESINO SARA' UN BREVE MOMENTO DI GLORIA:
SOLAMENTE DUE SETTIMANE PIU' TARDI, IL 6 SETTEMBRE 1969, AL DEBUTTO
SULLA ABARTH 2000 UFFICIALE IN SQUADRA CON ARTURO MERZARIO,
MORIRA' TRAGICAMENTE SCHIANTANDOSI IN GARA CONTRO UN ALBERO
DURANTE LA GARA "GAINSBERG-BERGRENNEN" IN GERMANIA, VALEVOLE PER
IL CAMPIONATO EUROPEO DELLA MONTAGNA.

ECCO LA PORSCHE CARRERA 6 DI ANTONIO PELIZZONI... 4'46"1 A
OLTRE 108 KMH DI MEDIA. *STRAORDINARIO RAGAZZO !!!*

QUESTA DEL 1969 E' L'ULTIMA "MALEGNO-
OSSIMO-BORNO" SVOLTASI SOTTO
L'IMPAREGGIABILE REGIA DEL COMM. REN-
ZO CASTAGNETO CHE DURANTE LA CERIMO-
NIA DELLE PREMIAZIONI RICEVE DAL SINDA-
CO *PAOLO RIVADOSSI* LA CITTADINANZA
ONORARIA DI BORNO.
L'ORMAI ANZIANO DIRETTORE DI GARA HA
DA TEMPO PROBLEMI DI SALUTE ED E' CO-
STRETTO A CEDERE IL TIMONE DELLA SUA
AMATA CREATURA A FABIO SORRENTINO.
SI RITIRA IN QUEL DI SANREMO, DOVE MUO-
RE POCO TEMPO DOPO, IL 16 FEBBRAIO
1971.

23 AGOSTO 1970. LA SETTIMA EDIZIONE PRESEN-
TA UN AGGUERRITO "POKER" DI PILOTI DECISI A
GIOCARSI LA VITTORIA: EDOARDO LUALDI GABARDI
E "PAM" ENTRAMBI SU ABARTH 2000 DELLA
"BRESCIA CORSE", CONTRO LE PORSCHE 910 DI
ENNIO BONOMELLI E "NORIS" CHE LANCIANO LA
LORO SFIDA.
L'INIZIO DELLA COMPETIZIONE E' PREVISTO PER LE
ORE 13.30...

ENNIO BONOMELLI, CLASSE 1940, ORIGINARIO DI ISEO E TITOLARE DI
UN'OFFICINA PORSCHE A BRESCIA NONCHE' PILOTA E COLLAUDATORE, HA
GIA' COLTO A BORNO OTTIMI PIAZZAMENTI ASSOLUTI E TRA I FAVORITI DI
QUEST'ANNO SEMBRA AVERE LE CHANCES MIGLIORI.

"PAM" PORTA LA SUA ABARTH 2000 AL TRAGUARDO IN 4'29"1 MIGLIORANDO IL
VECCHIO PRIMATO DI MARIO CASONI CHE RESISTEVA DA 4 ANNI !

...MA SUBITO DOPO VIENE SOPRAVANZATO DA LUALDI CHE MI-
GLIORA DI MEZZO SECONDO!
ED ECCO LA PORSCHE DI BONOMELLI CHE PARE DECISAMENTE
PIU' VELOCE DELLE DUE ABARTH TRANSITATE PRIMA DI LUI.
INFATTI, COL TEMPO DI 4'25"8 SI INSEDIA MOMENTANEAMENTE
AL PRIMO POSTO ASSOLUTO...
NEL FRATTEMPO LA CLASSIFICA DEI MIGLIORI ASSOLUTI VEDE IL
BRESCIANO "POOKY" (PORSCHE) IN 4'58"2 VINCERE IL GRUPPO
4, MENTRE IL PIEMONTESE ERIS TONDELLI CON LA SUA
CHEVRON FORD NON VA OLTRE UN 4'48"6...

MA E' LA GIORNATA DEL CAPOLAVORO DI "NORIS". ECCO IL
CAMPIONE 48ENNE AFFRONTARE CURVE E TORNANTI CON DE-
CISIONE!
...ADESSO IL "NONNO" VI FA VEDERE
DI COSA E' CAPACE...

IL "NONNO VOLANTE". COSI' LO CHIAMANO AFFETTUOSAMENTE AMICI E
COLLEGHI, STA PER GIUNGERE RAPIDAMENTE AL TRAGUARDO E IL TEMPO
OTTENUTO FA GRIDARE AL MIRACOLO: 4'23"2 A OLTRE 117 KMH DI MEDIA!
"NORIS" VINCE PER LA SECONDA VOLTA IL TROFEO VALLECAMONICA E
QUINDI SI AGGIUDICA ANCHE LA TARGA D'ORO "FILIPPO TASSARA"...
...ECCOLO, STA ARRIVANDO !!!
...4 E 19"... 20... 21... 22...
VROOOM

MA NELLE CORSE C'E' ANCHE CHI, ALLA RICERCA
DI UN BUON RISULTATO E UN PO' DI GLORIA,
TROVA A VOLTE UN EPILOGO MENO FORTUNATO,
COME VITTORIO MOTTA CHE CON LA SUA
ABARTH 1000, GRUPPO 5, VOLA OLTRE IL MURO
AL TORNANTONE DEL BIVIO DI LOZIO...
FORTUNATAMENTE USCENDONE ILLESO!

GUARDA! QUELLO E' IL PASOTTI,
STA PROVANDO LA SUA FERRARI!
CHE BELVA!
OCCUPA
TUTTA
LA STRADA...
GIA'... PARE MOLTO INGOMBRANTE,
MA NON PER QUESTO AVRA' PROBLEMI
A VINCERE!
1971
22 AGOSTO 1971. ANCHE QUEST'ANNO QUASI 300 ISCRITTI.
TRA I BRESCIANI DEBUTTA IL GIOVANE STEFANO BETTONI,
IRRUENTO E SMANIOSO DI FAR BENE. SARA' AL VIA CON UNA
PORSCHE 2000 IN GRUPPO 4.
IL DOTT. ALFREDO BELPONER DI "BRESCIA CORSE" INVESTE
"PAM" DEL NON FACILE COMPITO DI BATTERE IL FRESCO RE-
CORD DI "NORIS" STABILITO L'ANNO PRIMA.
PER QUESTA STAGIONE GLI AFFIDA QUINDI UNA STREPITOSA
FERRARI 512M DA 600 CAVALLI.
"PAM" HA VINTO DA POCO LA CRONOSCALATA "BRESCIA-
MONTE MADDALENA" CON UN ABARTH 3000.
IL PUBBLICO A BORNO AMMIRA LA VETTURA DURANTE LE CON-
TINUE RICOGNIZIONI DI PASOTTI SUL TRACCIATO E CAPISCE FIN
DA SUBITO CHE PER GLI ALTRI ANTAGONISTI CI SARA' POCO DA
FARE...

L'UNICO CHE POTREBBE CONTRASTARE "PAM" E' L'AUSTRIACO *JOHANNES ORTNER*, SECONDA GUIDA UFFICIALE DELLA SQUADRA CORSE DI CARLO ABARTH, AL MOMENTO ATTUALE E' QUASI MATEMATICAMENTE CAMPIONE EUROPEO DELLA MONTAGNA E GUIDA UN ABARTH 3000. LE PROVE UFFICIALI LO DANNO AL SECONDO POSTO, STACCATO DI 5" DA "PAM" CHE NEL FRATTEMPO HA GIA' ABBASSATO UFFICIOSAMENTE IL RECORD.
BUONE LE POSSIBILITA' DI CANDIDARSI AL PODIO PER LUIGI MORESCHI (AMS 2000) E UGO LOCATELLI (ABARTH 2000).

SI RIVEDE ANCHE *MARIO REGIS*, IL VINCITORE DEL 1968, CHE CON QUESTA BMW 2002 TII AFFRONTA LA CURVA DOPO IL BIVIO DI LOZIO. GIUNGE A BORNO IN 5'02"8 VINCENDO IL GRUPPO 2, PRECEDENDO DI 3" MARTINO FINOTTO SU ALFA ROMEO GTA.
GIORGIO SCHON (PORSCHE) VINCE IL GRUPPO 4 IN 4'49"2, MENTRE IL GRUPPO 1 VA A GIANFRANCO RICCI SU RENAULT GORDINI.

"NORIS" E' INVECE PARZIALMENTE DELUSO DALLA SUA PORSCHE, LA 908 "MK2" DA 3000 CC.
LA VETTURA E' NUOVA, ACQUISTATA DIRETTAMENTE DALLA CASA TEDESCA.
CON ESSA MOIOLI HA GIA' OTTENUTO IN QUESTA STAGIONE UN PAIO DI VITTORIE IN SALITA, ALLA "CASTELL'ARQUATO-VERNASCA" E ALLA "BORMIO-STELVIO" E ANCHE OTTIMI RISULTATI IN PISTA.
MA QUI IN VALLECAMONICA LA PORSCHE HA QUALCHE PROBLEMA TECNICO CHE FINISCE CON L'INNERVOSIRE IL PILOTA VERONESE.
LA SUA SALITA SI CONCLUDE IN 4'25"2, UN TEMPO PIU' ALTO DI QUELLO FATTO SEGNARE NEL 1970.
SA GIA' CON CERTEZZA CHE NON SARA' SUFFICIENTE PER VINCERE...

ANCHE ENNIO BONOMELLI SI PRESENTA CON UNA PORSCHE DIVERSA DA QUELLA DELL'ANNO PRIMA.
ECCOLO TRANSITARE POCO OLTRE OSSIMO.
ALL'ARRIVO FA SEGNARE IL PARZIALE MIGLIOR TEMPO: 4'20" NETTI!
IL RECORD STABILITO DA "NORIS" CROLLA DOPO SOLO UN ANNO.
BONOMELLI SCAVALCA L'OTTIMO LUIGI MORESCHI SU AMS 2000 DI QUASI 4 SECONDI!

1972

26 AGOSTO 1972.
SI SVOLGONO LE PROVE UFFICIALI DEL
9° TROFEO VALLECAMONICA. SONO
PARTITE LE VETTURE SPORT DEL GRUP-
PO 5 PER UNA SECONDA E FACOLTATIVA
SALITA DI PROVA.
LUIGI MORESCHI SU AMS 2000 HA
OTTENUTO IL MIGLIOR TEMPO NELLA
PRIMA SALITA IN 4'17"6, DAVANTI A
"PAM" CHE QUESTA VOLTA CORRE CON
UNA ABARTH 2000.
"NORIS", CON LA PORSCHE 908 "MK2"
3 LITRI, HA CHIUSO LA PRIMA PROVA AL
TERZO POSTO IN 4'21"1 MA NON E' PER
NULLA SODDISFATTO DELLA VETTURA,
CON LA QUALE HA COMUNQUE OTTENU-
TO QUEST'ANNO UNA VITTORIA IN PISTA
AL "GP LOTTERIA DI MONZA" E TRE VIT-
TORIE IN SALITA: DI NUOVO LA
"BORMIO-STELVIO", LA "VERZEGNIS-
SELLA" E, SOLO SEI GIORNI PRIMA, LA
"AGORDO-FRASSENE'" NEL BELLUNE-
SE...

DURANTE LE PROVE "NORIS" APPARE VISIBILMENTE NERVO-SO E ANSIOSO DI MIGLIORARE IL SUO TEMPO NELLA SE-CONDA SALITA...
PASSATEMI IL CASCO!
...QUESTA MACCHINA OGGI MI STA DANDO TROPPI PROBLEMI!... ...NON E' POSSIBILE FINIRE DIETRO AI CONCORRENTI CHE GUIDANO DELLE "DUEMILA"!

ECCO CHE CI RIPROVA QUINDI! E' DECISAMENTE PIU' VELOCE, TROPPO FORSE, RISPETTO ALLA PRIMA VOLTA...
AUTODREAM
armi Beretta
BONOMELLI G. 5

...COSI', POCO PRIMA DI GIUNGERE ALL'INGRESSO DI OSSIMO, IMPROVVISAMENTE PERDE IL CONTROLLO DELLA SUA PORSCHE, CHE A OLTRE 200 CHILOMETRI ORARI SI INTRAVERSA PERICOLOSAMENTE E INSPIEGABILMENTE SU UN TRATTO RETTILINEO...
...MA CHE STA SUCCEDENDO?!? ...MALEDIZIONE!!!
AUTODREAM
armi Beretta
BONOMELLI G. 5
...DIO MIO! STA PER VOLARE DI SOTTO!!!

IL DRIVER CERCA DISPERATAMENTE DI CORREGGERE LA TRAIETTORIA DELLA SUA VETTURA, CHE PARE QUASI IMPAZZITA...
...NON CE LA FACCIO A TENERLA !
BONOMELLI G. 5
AUTODREAM
384
KRAK

DEVO USCIRE DA QUESTA TRAPPOLA !!!

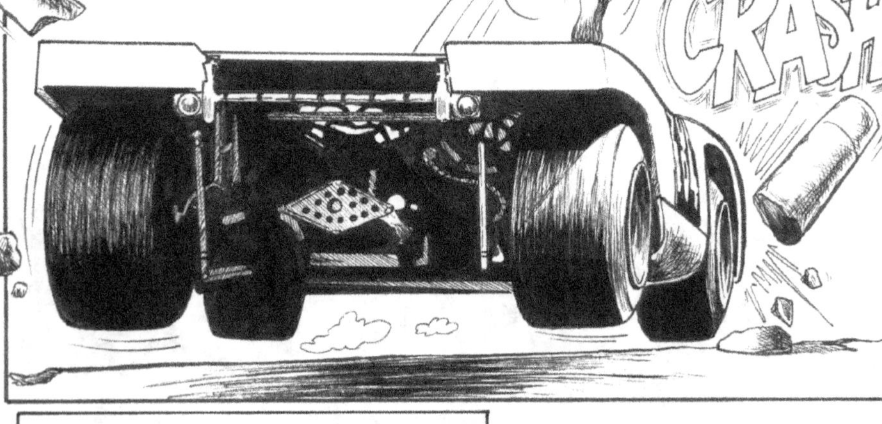

RENDENDOSI CONTO DI NON POTER PIU' FARE ALCUNCHE', MENTRE LA PORSCHE STA TERMINANDO LA SUA FOLLE CORSA, IL POVERO "NORIS" PROVA A LANCIARSI FUORI DALL'ABITACOLO IN UN ESTREMO TENTATIVO DI SALVEZZA, MA NE VIENE VIOLENTEMENTE SBALZATO FUORI.
VETTURA E PILOTA PRECIPITANO IN UN VIGNETO SOTTOSTANTE...
NOOO...
CRASH...
UAAAA...

PAM

LA SITUAZIONE APPARE SUBITO DISPERATA, LE CONDIZIONI FISICHE DI "NORIS" SONO TROPPO GRAVI.
GIACOMO MOIOLI CESSA DI VIVERE ALL'OSPEDALE DI BRENO POCHE ORE PIU' TARDI, MENTRE SI STAVA PREDISPONENDO IL SUO TRASFERIMENTO AL PIU' ATTREZZATO OSPEDALE DI BRESCIA.
HA DA POCO COMPIUTO 50 ANNI D'ETA' E 22 DI CARRIERA AGONISTICA AI MASSIMI LIVELLI, CON 50 VITTORIE ASSOLUTE E MOLTE ALTRE DI CATEGORIA.
VIVA IMPRESSIONE E PROFONDO DOLORE PIOMBANO TRA GLI SPETTATORI, I SUOI TIFOSI, I COLLEGHI PILOTI E GLI ADDETTI AI LAVORI...
"PAM", PARTITO SUBITO DOPO DI LUI, E' DIRETTO TESTIMONE DI QUANTO ACCADUTO...
...HO VISTO I SEGNI NERI DELLE SBANDATE SULL'ASFALTO E LA GENTE AGITARSI...
...LA STRADA ERA ASCIUTTA E PULITA.
E' DIFFICILE CHE UN PILOTA ESPERTO COME LUI POSSA AVERE SBAGLIATO.
EFFETTIVAMENTE IN QUELLA SEMICURVA CHE PRECEDE IL RETTIFILO LA MACCHINA SUBISCE UNA SOLLECITAZIONE TREMENDA E PUO' ESSERE SUCCESSO QUALCOSA DI IMPREVISTO...

I PILOTI, DI COMUNE ACCORDO CON GLI ORGANIZZATORI E COL DIRETTORE DI GARA RAFFAELE CARACCIOLO, DECIDONO DI NON ANNULLARE LA GARA DELL'INDOMANI MA DI CORRERE PER ONORARE LA MEMORIA DEL CAMPIONE APPENA SCOMPARSO...

I CONCORRENTI OSSERVANO UN MINUTO DI RACCOGLIMENTO PRIMA DELL'INIZIO DELLA GARA...

TRA I CONCORRENTI DELLE CLASSI MINORI, ESORDISCE GIULIO REGOSA, FUTURO CAMPIONE ITALIANO ED EUROPEO DELLA MONTAGNA. CORRE PER LA SCUDERIA "MIRABELLA MILLE MIGLIA" CON UNA FIAT COUPE'.
COL TEMPO DI 5'47"6 VINCE LA CLASSE 1300 DEL GRUPPO 1: DAVVERO UN BEL DEBUTTO!
IL GRUPPO 2 INVECE LO VINCE "ALVAL" SU FORD ESCORT IN 5'01"8 PRECEDENDO GIORDANO PEREGO (ALFA ROMEO GTA) DI UN SECONDO.

MENTRE LA CORSA PROCEDE, SI FANNO STRADA VOCI SEMPRE PIU' INSISTENTI SULLE CAUSE DELL'INCIDENTE OCCORSO A "NORIS": PARE NON SIA STATO UN ERRORE DEL PILOTA BENSI' UN CEDIMENTO MECCANICO, COME LA ROTTURA DI UN GIUNTO DELLA TRASMISSIONE.
VOCI CONFERMATE IN SEGUITO DALLA COMMISSIONE TECNICA DALL'ACI BRESCIA...

Castrol
Armi Beretta
MIRADREAM
Armi Beretta
melli Gr 5
BRESCIA TEL.21421
AUTOCLUB

ROAR
Armi Beretta
AUTODREAM
MOTUL
ABARTH
...CARO VECCHIO
"NORIS",
OGGI
VINCERO' PER
TE!

INTANTO, VIENE RESO NOTO IL VINCITORE DEL GRUPPO 3: SI TRATTA DI ROBERTO BONTEMPI (ALPINE RENAULT) IN 5'15"8, MENTRE IL GRUPPO 4 SE LO AGGIUDICA UGO LOCATELLI (DE TOMASO PANTERA) IN 4'43"7.
E' IL MOMENTO DELLO SPORT. SON DA POCO PARTITI VITTORIO MOTTA (ABARTH OT) E GIUSEPPE SAVOLDI (ABARTH).
"PAM" PRENDE IL VIA COL PENSIERO RIVOLTO ALL'AMICO: AVEVA PRATICAMENTE ASSISTITO ALLA TRAGEDIA E NE ERA RIMASTO FORTEMENTE SCOSSO...

31

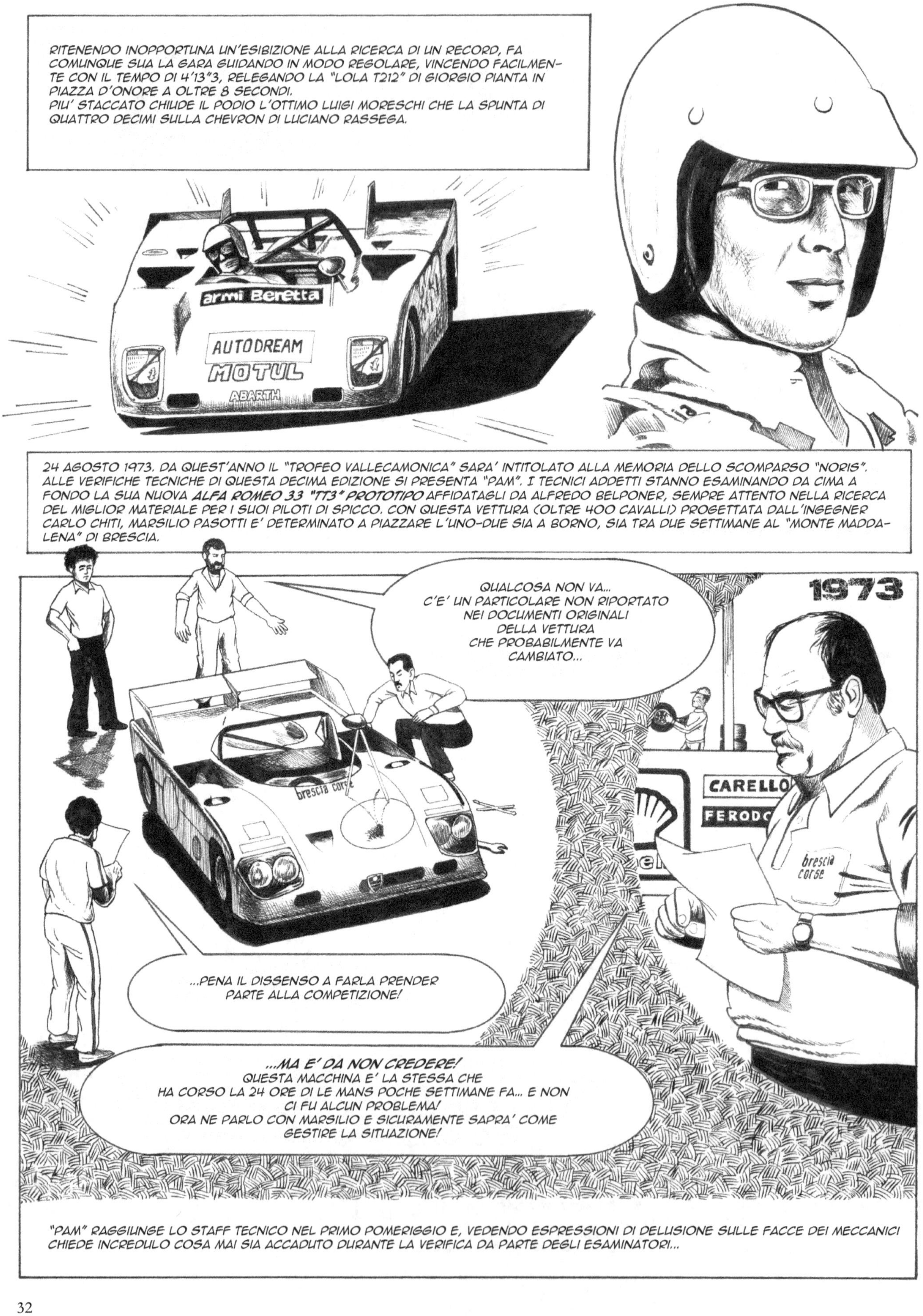

RITENENDO INOPPORTUNA UN'ESIBIZIONE ALLA RICERCA DI UN RECORD, FA
COMUNQUE SUA LA GARA GUIDANDO IN MODO REGOLARE, VINCENDO FACILMEN-
TE CON IL TEMPO DI 4'13"3, RELEGANDO LA "LOLA T212" DI GIORGIO PIANTA IN
PIAZZA D'ONORE A OLTRE 8 SECONDI.
PIU' STACCATO CHIUDE IL PODIO L'OTTIMO LUIGI MORESCHI CHE LA SPUNTA DI
QUATTRO DECIMI SULLA CHEVRON DI LUCIANO RASSEGA.

armi Beretta
AUTODREAM
MOTUL
ABARTH

24 AGOSTO 1973. DA QUEST'ANNO IL "TROFEO VALLECAMONICA" SARA' INTITOLATO ALLA MEMORIA DELLO SCOMPARSO "NORIS".
ALLE VERIFICHE TECNICHE DI QUESTA DECIMA EDIZIONE SI PRESENTA "PAM". I TECNICI ADDETTI STANNO ESAMINANDO DA CIMA A
FONDO LA SUA NUOVA ALFA ROMEO 33 "TT3" PROTOTIPO AFFIDATAGLI DA ALFREDO BELPONER, SEMPRE ATTENTO NELLA RICERCA
DEL MIGLIOR MATERIALE PER I SUOI PILOTI DI SPICCO. CON QUESTA VETTURA (OLTRE 400 CAVALLI) PROGETTATA DALL'INGEGNER
CARLO CHITI, MARSILIO PASOTTI E' DETERMINATO A PIAZZARE L'UNO-DUE SIA A BORNO, SIA TRA DUE SETTIMANE AL "MONTE MADDA-
LENA" DI BRESCIA.

1973

QUALCOSA NON VA...
C'E' UN PARTICOLARE NON RIPORTATO
NEI DOCUMENTI ORIGINALI
DELLA VETTURA
CHE PROBABILMENTE VA
CAMBIATO...

brescia corse

CARELLO
FERODO

brescia
corse

...PENA IL DISSENSO A FARLA PRENDER
PARTE ALLA COMPETIZIONE!

...MA E' DA NON CREDERE!
QUESTA MACCHINA E' LA STESSA CHE
HA CORSO LA 24 ORE DI LE MANS POCHE SETTIMANE FA... E NON
CI FU ALCUN PROBLEMA!
ORA NE PARLO CON MARSILIO E SICURAMENTE SAPRA' COME
GESTIRE LA SITUAZIONE!

"PAM" RAGGIUNGE LO STAFF TECNICO NEL PRIMO POMERIGGIO E, VEDENDO ESPRESSIONI DI DELUSIONE SULLE FACCE DEI MECCANICI
CHIEDE INCREDULO COSA MAI SIA ACCADUTO DURANTE LA VERIFICA DA PARTE DEGLI ESAMINATORI...

VIENE QUINDI MESSO AL CORRENTE DEL PROBLEMA...
CHIAMIAMO L'INGEGNER CHITI, FACCIAMOLO VENIRE QUI CON I DOCUMENTI NECESSARI E COSI' DIMOSTRIAMO CHE E' TUTTO IN REGOLA!
PAM
MA CHITI IN QUESTI GIORNI SI TROVA IN SUDAMERICA PER DELLE PROVE CON LA SQUADRA UFFICIALE ALFA ROMEO... NON PUO' VENIRE FIN QUI IN VALLECAMONICA!

AUTOMOBIL CLUB BRESCIA
CHIUSURA DEL PERCORSO
25 - 26 - AGOSTO 1973
TROFEO VALLECAMONICA
MALEGNO - OSSIMO - BORNO
TROFEO "NO
ALFA ROMEO MILANO
NON M'IMPORTA DOVE SIA ! CHIAMATE IL REPARTO CORSE DI ARESE E FATEVI DARE UN RECAPITO DOVE POTERLO RINTRACCIARE. E' IMPORTANTE ! CHIAMATELO E FATELO PARLARE CON I COMMISSARI TECNICI!

DOPO QUALCHE TENTATIVO LO STAFF TECNICO DI "PAM" RIESCE FINALMENTE A METTERSI IN CONTATTO CON L'INGEGNER CHITI...
...SE AVETE BISOGNO DI QUALCHE ALTRO DOCUMENTO VE LO FARO' AVERE, MA INTANTO GARANTISCO IO PER LA CONFORMITA' DEL PROTOTIPO.
ALFA-ROMEO
MI ASSUMO TUTTE LE RESPONSABILITA', STATE TRANQUILLI!

25 AGOSTO 1973. "PAM" PUO' QUINDI PRENDER PARTE ALLA GARA, MA DURANTE LE PROVE UFFICIALI INCAPPA IN UN PAUROSO TESTACODA A POCO MENO DI 2 KM. DALLA PARTENZA...
SKREEEK...
brescia corse
armi Beretta
600
Life
...QUESTA ALFA MI SCAPPA VIA DA TUTTE LE PARTI! ...NON RIESCO A FARE TRENTA METRI DRITTI... ...MENO MALE CHE NON SONO ANDATO A MURO!

A MALEGNO FA IL SUO DEBUTTO UFFICIALE IL BRESCIANO *EZIO BARIBBI*, 26 ANNI, CHE CORRE NELLA CLASSE 1000 TURISMO CON UNA "A112" ACQUISTATA SOLO UN PAIO DI GIORNI PRIMA. LE PROVE NON SONO PER NULLA INCORAGGIANTI: ULTIMO DI CLASSE SU 13 CONCORRENTI!

MA LA MUSICA CAMBIA IL GIORNO SEGUENTE: L'ORCHESTRA DELLA GARA LA DIRIGE (COME SPESSO ACCADUTO...) LA PIOGGIA.
EZIO SI FA ONORE, AFFRONTANDO PIOGGIA E GARA CON CORAGGIO E VINCENDO LA CLASSE IN 6'37"7 STACCANDO "CALIMERO" DI BEN 6 SECONDI!

TRA GLI ALTRI "BIG" ISCRITTI CI SONO ANCHE FRANCO PILONE E ARTURO MERZARIO, ENTRAMBI SU "ABARTH OSELLA", MA ALL'ULTIMO MOMENTO DANNO FORFAIT.
LA LOTTA RIMANE QUINDI APERTA TRA "PAM" E L'ABARTH OSELLA DI "GIANFRANCO" TROMBETTI AUTORE DEL MIGLIOR TEMPO IN PROVA. INTANTO CONTINUANO A SALIRE LE CATEGORIE MINORI: ECCO *GIOVANNI BERLUMI* CHE CON LA 500 ABARTH DEL TEAM "CITTA' DEI MILLE" VINCE LA CLASSE 700 DEL GRUPPO 2...

UN ALTRO VELOCE BRESCIANO E' *SAMUELE VALERIO*, 27 ANNI. APPASSIONATO DI CALCIO, TANTO DA GIOCARE ANCHE COME CENTRAVANTI NELLE SQUADRE DELL'IMPERIA E DELLA "FALCK" DOVE SI GUADAGNA IL SOPRANNOME DI "HICKENS", SAMUELE E' DA ANNI ABBONATO A VITTORIE DI CLASSE E PIAZZAMENTI: CAMPIONE ITALIANO DI GRUPPO 1 (CLASSE 1300) NEL 1969, RIPETE IL SUCCESSO PROPRIO QUEST'ANNO MA IN GRUPPO 2 CON L'ABARTH 850 PREPARATA DA BAISTROCCHI.
ANCHE A BORNO FINISCE 2° DI CLASSE IN GRUPPO 2, DIETRO ALL'ABARTH DI FRANCESCO PERA...

UN ALTRO HABITUE' AI PRIMI POSTI DI CLASSE E' FERRUCCIO ZANARDELLI.
ECCOLO SCATTARE AL VIA E SFIDARE ANCH'ESSO LA PIOGGIA. CON L'ABARTH 1000, VINCERA' LA CLASSE 1000 DI GRUPPO 2 IN 6'56"70...

MA L'ATTESA E' TUTTA PER "PAM": ECCOLO PRONTO AL VIA, MENTRE ALL'ARRIVO DI BORNO SONO GIA' GIUNTI SIA "GIANFRANCO" CON 5'04"77, SIA PIETRO MONTICONE CHE ALLA GUIDA DI UNA CHEVRON LO SOPRAVANZA DI BEN 8 SECONDI! I CONCORRENTI FINORA SI SONO BATTUTI AL LIMITE DELLE POSSIBILITA' TECNICHE E FISICHE...

IL PUBBLICO E' IN FIBRILLAZIONE, ATTENDE IL LUMEZZANESE ALL'ARRIVO... E PUNTUALMENTE LUI NON DELUDE LE ASPETTATIVE!

8 SETTEMBRE 1974. "PAM" E' A MALEGNO SOLO IN VESTE DI SPETTATORE, ESSENDOSI PRESO UN PERIODO DI PAUSA DALLE COMPETIZIONI. MA TRA GLI ISCRITTI NON MANCANO NOMI DI TUTTO RISPETTO, COME PIPPO NARDARI, GIUSEPPE SAVOLDI, ACHILLE MARZI DELLA "SCUDERIA TRICOLORE", PIETRO MONTICONE E GIOVANNI BOERIS. PER UNA VOLTA, LA GARA E' SENZA PRONOSTICO: NON VI E' ALCUN FAVORITO D'OBBLIGO IN QUANTO NON CI SONO I NOMI "PESANTI" A FARE LA DIFFERENZA...

ANCHE QUEST'ANNO SCOPPIA UN CASO: I PILOTI DELLE SCUDERIE BRESCIANE "BRESCIA CORSE" E "MIRABELLA MILLE MIGLIA" MINACCIANO DI NON CORRERE IN SEGNO DI PROTESTA "CONTRO LA SCARSA SENSIBILITA' AI PROBLEMI SPORTIVI DA PARTE DELL'AC BRESCIA", RECAPITANDO TANTO DI LETTERA UFFICIALE ALLA PRO LOCO DI BORNO. MOLTI DRIVERS DELLE DUE SCUDERIE NON PRENDONO IL VIA, MENTRE ALTRI PREFERISCONO DISSOCIARSI DALLA PROTESTA E CORRERE A TITOLO PRIVATO...

DURANTE LA GARA NON MANCANO I "NUMERI" DI SPETTACOLO E GLI INCIDENTI: CAPOTTAMENTO DI *CAPOFERRI* AL PONTE DI BORNO CON LA FIAT 695 DI CEVENIN...

NELLO STESSO PUNTO CAPOTTA ANCHE *RABITTI* CON LA SIMCA R2 DELLA "SCUDERIA TRICOLORE"...

TRA I MOLTI PILOTI CAMUNI CHE CALCANO LE SCENE DI QUESTA MALEGNO-BORNO, C'E' IL BRENESE *SEVERINO RONCHI*. ISTRUTTORE DI GUIDA E TITOLARE DI UN'AGENZIA DI PRATICHE AUTOMOBILISTICHE, CON I SUOI 56 ANNI E' IL PILOTA PIU' ANZIANO IN GARA. DA QUALCHE STAGIONE CORRE CON UNA LANCIA FULVIA "ZAGATO" GRUPPO 4. PURTROPPO HA INIZIATO A GAREGGIARE RELATIVAMENTE TARDI, MA PASSIONE E BUONA VOLONTA' LO PORTANO SPESSO A OTTIMI RISULTATI. QUI OGGI E' TERZO IN CLASSE 1300...

TRA LE VITTORIE DI CLASSE, ANCHE QUEST'ANNO FERRUCCIO ZANAR-
DELLI CON L'ABARTH NELLA CLASSE 1000 DI GRUPPO 2, "GILENA"
DELLA SCUDERIA "CITTA' DEI MILLE" CON LA FIAT 128 NELLA CLASSE
1150 SEMPRE GRUPPO 2, MENTRE DA' SPETTACOLO *EMILIO PALEARI*,
CHE CON LA SUA "LANCIA STRATOS" 3000 E IL TEMPO DI 4'32"79
FINISCE ALL'OTTAVO POSTO ASSOLUTO!

SFORTUNATA INVECE *ROSADELE FACETTI* CHE DOPO
ANNI DI VITTORIE E PIAZZAMENTI DI CLASSE A BORNO
CON LA FIDA LANCIA FULVIA HF E' STAVOLTA CO-
STRETTA AL RITIRO.
NEL FRATTEMPO *GIOVANNI BOERIS* SI ALLACCIA LE
CINTURE DI SICUREZZA E SI PREPARA ALLA PARTENZA.

ED ECCOLO SALIRE! GIOVANNI BOERIS DI
GRUGLIASCO, 35 ANNI, CORRE PER LA
SCUDERIA "NORD OVEST" DI TORINO.
LA SUA OSELLA 2000 VIAGGIA IN 4'13"72
A 122 KMH DI MEDIA, ASSAI LONTANO DAL
RECORD DI "PAM" CHE RESISTE DAL 1971.
MA POCO DOPO, ACHILLE MARZI NON
RIESCE A CONFERMARE QUANTO FATTO
DURANTE LE PROVE: 4'14"86 NON BASTA.
RIMANE AL SECONDO POSTO.
IL TRITTICO DEL PODIO E' CHIUSO DA
LUCIANO LOVATO SU ABARTH 2000,
MENTRE LA COPPA OFFERTA DAL
"GIORNALE DI BRESCIA" AL PRIMO CLAS-
SIFICATO TRA I BRESCIANI VA AL SEMPRE
OTTIMO GIUSEPPE SAVOLDI, QUARTO
ASSOLUTO SU OSELLA "PA-2" 1600
CON IL TEMPO DI 4'23"67.

ECCOCI ORA ALL'EDIZIONE NUMERO 12 CHE SI SVOLGE IL 14 SETTEM-
BRE 1975. NOVE ANNI DOPO LA SUA VITTORIA ASSOLUTA, SI ISCRIVE
ALLA COMPETIZIONE MARIO CASONI CON UNA "LOLA 3000". MA
L'INTERESSE E' TUTTO VERSO IL NUOVO CAMPIONE DELLA MONTA-
GNA *MAURO NESTI* DA BARDALONE (PISTOIA), CHE SI PRESENTA
PER LA PRIMA VOLTA IN TERRA BRESCIANA.
HA 40 ANNI. DOPO ALCUNE STAGIONI DI APPRENDISTATO CON VETTU-
RE ABARTH E "TECNO F.3", OTTIENE LE SUE PRIME SPLENDIDE VITTO-
RIE ASSOLUTE ALLA GUIDA DI PROTOTIPI "CHEVRON" E "MARCH".
ATTUALMENTE, SOLO IN ITALIA, HA GIA' ALLE SPALLE QUASI TRENTA
VITTORIE ASSOLUTE IN QUATTRO STAGIONI, E' CAMPIONE ITALIANO
DELLA MONTAGNA IN CARICA ED E' IN LOTTA PER IL TITOLO EUROPEO
CHE STA DOMINANDO...

LE PIU' BELLE LE HO VINTE QUEST'ANNO: LA "TRENTO-
BONDONE", LA "BOLZANO-MENDOLA", LA "VERZEGNIS-
SELLA"... E ORA TOCCA ALLA "VALLECAMONICA"!

DOPO UN PAIO DI STAGIONI DI PAUSA RIFLESSIVA, TORNA ANCHE "PAM" CHE, INSIEME AD ACHILLE MARZI, GABRIELE CIUTI E GIANCARLO FACETTI (TUTTI SU NUOVE VETTURE SPORT "OSELLA") HA IL COMPITO DI CONTRASTARE IL NUOVO "RE DELLA MONTAGNA" TOSCANO.
ACCORRONO NUMEROSI COME SEMPRE GLI SPETTATORI, STIMATI IN DECINE DI MIGLIAIA E SISTEMATI UN PO' OVUNQUE...
526
624

ANCHE QUEST'ANNO LA MINACCIA DELLA PIOGGIA SI FA INCOMBENTE, TANT'E' CHE IN DIREZIONE GARA SI VALUTA L'IPOTESI DI SCHIERARE AL VIA I PROTOTIPI DI GRUPPO 5 (I PILOTI DI PRIMO PIANO) PRIMA DELLE VETTURE DI CATEGORIA INFERIORE, AL FINE DI GARANTIRE AL PUBBLICO SIA LO SPETTACOLO CHE - PERCHE' NO? - LA POSSIBILITA' DI RITOCCARE QUALCHE VECCHIO RECORD.
...MA SI PUO' SAPERE SE PARTIAMO PRIMA NOI OPPURE LE A112 ???
TRANQUILLO, VARESE!
...HANNO APPENA COMUNICATO CHE PARTIRETE TUTTI REGOLARMENTE!

LA GARA ENTRA QUINDI NEL VIVO. CRESCE BENE EZIO BARIBBI: DOPO L'EXPLOIT ALL'ESORDIO DI DUE ANNI PRIMA, SI RIPETE IN GRUPPO 3 STRAVINCENDO LA CLASSE 1300 AL VOLANTE DELL'ALPINE RENAULT IN 5'18"55 A QUASI 100 KMH DI MEDIA, RIFILANDO DISTACCHI NOTEVOLI ALLE FIAT 124 SPORT 1800 CONDOTTE DA ANTONIO ANDREOLI E LUCIANO DAL BEN!
INTANTO, GIANFRANCO MARIOLINI (ALFA ROMEO GTV 2000) SI AGGIUDICA IL GRUPPO 1 COL TEMPO DI 5'26"52...
IL GRUPPO 2 E' VINTO DA GIORDANO PEREGO SU ALFA ROMEO GTA IN 4'51"19.
TORNANDO AL GRUPPO 3, NELLA CLASSE OLTRE 2000 UN ALTRO SIMPATICO PROTAGONISTA E' GERMANO PRENOL, MEGLIO CONOSCIUTO COME "WILLER": CON UNA GIALLA "DE TOMASO PANTERA" GIUNGE SECONDO ALLE SPALLE DI UNA VETTURA SIMILE GUIDATA DA ALESSANDRO DAZZAN.
BRESCIA
EDOLO
LOZIO
524

DAZZAN E' SCESO SOTTO I 5 MINUTI E HO PRESO DA LUI QUASI DUE SECONDI DI DISTACCO! L'ANNO PROSSIMO SAPRO' FARE DI MEGLIO...
546
DE TOMASO
WILLER

RIECCO LUCIANO DAL BEN DELLA SCUDERIA "MIRABELLA MILLE MIGLIA". IL GENTLEMAN DRIVER DI BRESCIA HA FIN QUI DISPUTATO PRATICAMENTE QUASI TUTTE LE EDIZIONI DELLA CORSA. DA ALCUNE STAGIONI PORTA IN GARA QUESTA FIAT 124 SPORT GR.3...
ROARR
526
E' SEMPRE EMOZIONANTE CORRERE IN VALCAMONICA IN MEZZO A COSI' TANTA GENTE...

SPAZIO ANCHE PER CURIOSI EPISODI, COME AD ESEMPIO UN PICCOLO CONTRATTEMPO ACCADUTO ALLO SPEAKER DELLA CORSA, IL VECCHIO GINO BINI!
C'E' QUELLO CHE VENDE IL VINO LASSU' POCO PRIMA DELL'ARRIVO, CHE SI E' ARRABBIATO E HA STACCATO I FILI AL BINI!!!
...ORCO! ECCO PERCHE' NON SI SENTIVA PIU' LA
RADIOCRONACA... MA PERCHE' GLI HA STACCATO I FILI? ...NON GLIELA STAVA FORNENDO LUI LA CORRENTE ELETTRICA?!?
CERTAMENTE! ...MA I COMMISSARI NON GLI LASCIAVANO PIU' ATTRAVERSARE LA STRADA PER PORTARE IL VINO AI CLIENTI, E LUI PER RIPICCA...

MA BINI NON SI PERDE D'ANIMO UN SOLO ISTANTE E, TROVATA UN'ALTRA FONTE DI ALIMENTAZIONE DISPONIBILE, RIMEDIA CON UN LANCIO DA VERO COW-BOY!
BINI
...AL VOLO! ATTACCA ALLA PRESA QUEST'ALTRO CAVO, CHE RIDIAMO SUBITO VOCE ALLE "TROMBE" !!!
ZIP...
scia
feo vallecamonica

MA ECCO I "BIG" DEL VOLANTE. "PAM", AUTORE DI UNA DELLE SUE SOLITE MAIUSCOLE PRESTAZIONI, CON LA NUOVA OSELLA 2000 BATTE FINALMENTE IL SUO RECORD CHE TENEVA DURO DAL 1971. UN OTTIMO 4'08"74!
DAI PASOTTI, CHE VINCI ANCHE STAVOLTA!
VROOoo...
736
SPRINGOIL

NEMMENO IL TEMPO DI GIOIRNE: SUL TRAGUARDO IRROMPE A-
CHILLE MARZI CHE CON L'OSELLA 2000 DELLA "SCUDERIA TRI-
COLORE" RITOCCA SUBITO IL RECORD DI ALTRI DUE SECONDI!
FANTASTICO!!!

VROO
128

Automobile
Club
Brexia
734
CEBORA
Castrol
Castrol
SCUDERIA NORD-OVEST

SFORTUNATO MARIO CASONI CHE SI RITIRA PER UN GUASTO ALLA
POMPA DELLA BENZINA. MA ORA SCATTA DAL VIA MAURO NESTI CON
LA SUA NUOVA "LOLA 2000" MOTORIZZATA BMW...

ECCOLO!!! STA SALENDO VELOCISSIMO! GIUNGERA' AL
TRAGUARDO IN 4 PRIMI, 3 SECONDI E 24 CENTESIMI ALLA
MEDIA DI OLTRE 127 KMH! IL VECCHIO RECORD DI "PAM"
CROLLA DEFINITIVAMENTE, IL PISTOIESE LO FRANTUMA DI
OLTRE 6 SECONDI. IL PUBBLICO E' STORDITO DALLO
STUPORE, SEMBRA UN'IMPRESA IRRIPETIBILE...

OSSIMO SUP.
VROAAW
734
CEBORA
Castrol
Castrol
NORD-OVEST

MA NESTI, PUR FELICE DI POTER SCRIVERE PER LA PRIMA VOL-
TA IL PROPRIO NOME NELL'ALBO D'ORO DELLA CRONOSCA-
LATA CAMUNA, NON SI SCOMPONE PIU' DI TANTO E SI PER-
METTE DI LANCIARE ANCHE UNA PROVOCAZIONE CHE HA IL
SAPORE DI UNA SFIDA IMPOSSIBILE...
IO C'HO UN CHIODO IN TESTA CHE MI VOGLIO TOGLIERE IL PROSSIMO ANNO...
...QUA C'E' UN MURO DA ABBATTERE, ED E' QUELLO DEI QUATTRO MINUTI!
IO SONO STRACONVINTO CHE CODESTA GARA LA SI PUO' RIFARE TRANQUILLAMENTE FACENDO UN TEMPO SOTTO I QUATTRO MINUTI!

5 SETTEMBRE 1976: GLI ORGANIZZATORI DELLA TREDICESIMA
EDIZIONE SANNO GIA' CHE CONTRO NESTI CI SARA' BEN PO-
CO DA FARE. IL TOSCANO HA GIA' STRAVINTO IL CAMPIONATO
EUROPEO DELLA MONTAGNA 1975 E HA DISPUTATO UNA STA-
GIONE FIN QUI ECCEZIONALE, FACENDO MAN BASSA DI VIT-
TORIE ASSOLUTE E STABILENDO NUOVI RECORD SU QUASI
OGNI TRACCIATO. PROVANO COMUNQUE A DARE UN PO' DI
PEPE ALLA GARA, INVITANDO DUE CELEBRI ASSI DEL VOLAN-
TE: GIORGIO FRANCIA, FRESCO CAMPIONE DELLA FORMULA 3
TEDESCA, E ARTURO MERZARIO, FINO A POCO TEMPO PRIMA
SECONDA GUIDA UFFICIALE DELLA FERRARI IN FORMULA 1.
COME OUTSIDER C'E' POI GENTE DI TUTTO RISPETTO, DA
ACHILLE MARZI (ABARTH OSELLA) A GIANNI VARESE (OSELLA
PA 4), CON I BRESCIANI SAVOLDI (OSELLA PA 3) ED EZIO
BARIBBI, CHE QUEST'ANNO SI CIMENTA PER LA PRIMA VOLTA
CON I PROTOTIPI DEL GRUPPO 6 E SI PRESENTA CON UNA
"AMS 1000".
1976
Marlboro
Marlboro
parma

COSI', IN UNA BELLA DOMENICA DI SOLE, GRAZIANO FANTINI CON LA "N.S.U. PRINZ 4" DELLA SCUDERIA "RED WHITE" E' IL PRIMO A
PRENDERE IL VIA, SOLO SOLETTO, NELLA CLASSE 600 DEL GRUPPO 1 "TURISMO". ALLE SUE SPALLE, LA FIAT 850 DI SPEDALE
(SQUADRA CORSE VERONA) E A SEGUIRE GLI ALTRI VENETI GIULIANO (MOGLIANO CORSE) E TURIN (BASSANO CORSE).
I CONCORRENTI PARTONO A DISTANZA DI TRENTA SECONDI L'UNO DALL'ALTRO...
GIORNALE DI BRESCIA
1
4
5

NELLA CLASSE 1000 DEL GRUPPO 5 E' IL TRENTINO FRANCESCO PERA, SU ABARTH 1000 "SILHOUETTE", AD AVERE LA MEGLIO SU FERRUCCIO ZANARDELLI, FINO AD ORA INCONTRASTATO NUMERO UNO DELLA CATEGORIA: CON UN NOTEVOLE 5'10"7 GLI RIFILA LA BELLEZZA DI 18 SECONDI DI DISTACCO!

MA GUARDIAMO COME ALDO RAGGI PROVA A VINCERE LA CLASSE 1600 DEL GRUPPO 4 CON L'ALPINE RENAULT...
ACCIDENTI !!!

...ADESSO VI FACCIO VEDERE IO QUANTO CI METTO A RECUPERARE!!!
5'17"1... GIUNGE COMUNQUE SECONDO DIETRO A SERGIO ROMBOLOTTI, SEMPRE SU ALPINE RENAULT, CHE VINCE ANCHE IL GRUPPO 4

PERPLESSITA' NELLE RETROVIE. LE PROVE DEL SABATO PARLANO CHIARO: TRA NESTI E GIANNI VARESE C'E' UNA DIFFERENZA DI OLTRE 7 SECONDI. FRANCIA E MERZARIO, RISPETTIVAMENTE TERZO E QUINTO IN PROVA, SANNO DI AVERE POCHE CHANCES...
ARTURO, QUI OGGI LE PRENDIAMO... MAURO POI, CON 'STA IDEA DI SCENDERE SOTTO I 4 MINUTI...
EH... CHE CI VUOI FARE... NOI ORMAI SONO ANNI CHE FREQUENTIAMO POCO LE SALITE. IN PISTA E' DIVERSO, MENTRE QUI NON SI IMPROVVISA NIENTE... FAI UN ERRORE E PERDI!

MENTRE I DUE CAMPIONI ATTENDONO IL LORO TURNO ALLA PARTENZA, LUIGI BORMOLINI DA LIVIGNO, COL TEMPO DI 5'14"2, SBARAGLIA IL CAMPO IN CLASSE 1150 GRUPPO 2 CON LA SUA "FIAT 128" CHE GIA' DA TEMPO GLI DA' NUMEROSE SODDISFAZIONI... IL VINCITORE DI GRUPPO INVECE E' ALDEMARO MASSA (ALFA ROMEO GTV) IN 5'04"8.
IL GRUPPO 3 E' APPANNAGGIO DI "GILENA" (DE TOMASO PANTERA) IN 5'01" NETTI, MENTRE IL GRUPPO 5 SE LO AGGIUDICA LUIGI MORESCHI (PORSCHE 3000): 4'34"3.

tam auto tuning
VROOOO

UNO DEI GRANDI ASSENTI E' INVECE *PINO TAMBONE*. IL GIOVANE PILOTA BRESCIANO CONOSCIUTO COME "TAMBAUTO" HA STRAVINTO IL GRUPPO 4 A BORNO UN ANNO PRIMA ALLA GUIDA DELLA PORSCHE.
IN QUESTA STAGIONE HA OTTENUTO UN BRILLANTE QUARTO POSTO ALLA "TARGA FLORIO" SVOLTASI A MAGGIO.
SAREBBE STATO INTERESSANTE RIVEDERLO IN GARA QUI AL TROFEO VALLECAMONICA, MA PROPRIO OGGI E' IMPEGNATO A MONZA NEL CAMPIONATO ITALIANO DI GRUPPO 4, CHE VINCE...

MOTUL
386

MA VENIAMO AI PROTOTIPI DEL "GRUPPO 6 - BIPOSTO CORSA".
SONO APPENA SALITE LE "BARCHETTE" DELLA CLASSE 1600, VINTA DA GIUSEPPE SAVOLDI DELLA SCUDERIA "BRESCIA CORSE" IN 4'19"3 ALLA MEDIA DI 119,398 KMH, UN TEMPO CHE GLI GARANTISCE LA POSIZIONE DI PRIMO PILOTA BRESCIANO IN CLASSIFICA (E 6° ASSOLUTO FINALE).
MA ORA SI PREPARA AL VIA *GIANNI VARESE*.
CON LA SUA OSELLA "PA 4" OTTIENE UN 4'08"4 CHE GLI FRUTTA ALLA FINE IL QUARTO POSTO ASSOLUTO.

395
CE B D RA
Super Rangers jeans

NEL FRATTEMPO ABBIAMO I RISULTATI DELLE "BIPOSTO" CLASSE 1000: BARIBBI E' SOLO SECONDO, SUPERATO DI 4" DA GIANMARIA CASTELLI (DALLARA).
E' IL MOMENTO: PARTE IL RICONFERMATO CAMPIONE EUROPEO *MAURO NESTI* CON LA CHEVRON B31 SPINTA DA UN MOTORE TRE LITRI FORD...

...ANDIAMO A TOGLIERCI 'STO CHIODO DALLA TESTA!

IL TOSCANO E' GIA' OLTRE IL PASSAGGIO DI OSSIMO INFERIORE MENTRE TRANSITA L'OSELLA "FERRARIS" DEL COMASCO MERZARIO.
MOLTO VELOCE, CERCA DI FARE DEL SUO MEGLIO...

SUBITO DOPO ECCO ANCHE *GIORGIO FRANCIA*. ANCHE LUI COME NESTI GAREGGIA CON UNA CHEVRON, MA QUESTA MONTA UN PROPULSORE BMW DA 2000 CC.

ECCOLO !!!
SFRECCIA NESTI E IL SUO TEMPO SOTTO LA BANDIERA A SCACCHI E' SENSAZIONALE: *3 MINUTI, 57 SECONDI E 4 DECIMI* ALLA SPLENDIDA MEDIA DI OLTRE 130 KMH!!! POLVERIZZATO IL PRECEDENTE SUO RECORD, E' AL MOMENTO L'UNICO CONCORRENTE NELLA STORIA DELLA "MALEGNO-OSSIMO-BORNO" A RIUSCIRE NELL'INCREDIBILE IMPRESA DI SCENDERE SOTTO I QUATTRO MINUTI! FORSE E' STATO ANCHE L'UNICO A CREDERCI...

MESTAMENTE GIUNGE ALL'ARRIVO ANCHE MERZARIO, CON UN MODESTO 4'10"5 CHE NON RENDE GIUSTIZIA AL SUO NOME E LO RELEGA AL 5° POSTO IN GRADUATORIA FINALE.
IL POPOLARE "FANTINO" PERO', LAMENTA DI AVER AVUTO NOIE ALL'ACCELERATORE.
GIORGIO FRANCIA INVECE RIESCE A SCAVALCARE SIA GIANNI VARESE CHE ACHILLE MARZI, RIUSCENDO A IN-STALLARSI DEFINITIVAMENTE ALLA PIAZZA D'ONORE COL TEMPO DI 4'03"8.
NIENTE MALE COMUNQUE: SIAMO SUL LIVELLO DI NESTI UN ANNO FA...

MENTRE IL FOLTO PUBBLICO SCENDE A VALLE SODDISFATTO PER LO SPETTACOLO (SEBBENE SIA STATO PER LA PRIMA VOLTA CHIAMATO, PER NECESSITA' FINANZIARIE DELL'ORGANIZZAZIONE, A PAGARE UNA MODESTA QUOTA QUALE "BIGLIETTO" PER ASSISTERE ALLA GARA), LA REGIA SPORTIVA DELLA GARA, CAPEGGIATA DAL DIRETTORE RAFFAELE CARACCIOLO, DA' COME DI CONSUETO L'ARRIVEDERCI AL PROSSIMO ANNO...
PANINI BIBITE

...MA L'ARRIVEDERCI DURA PURTROPPO UN PO' PIU' DI UN ANNO.
UN RAGAZZINO ASPETTA SCONSOLATO UNA NUO-VA EDIZIONE DELLA "MALEGNO-OSSIMO-BORNO"... NON SA CHE DIETRO LE QUINTE CI STANNO SEMPRE PIU' ELEVATI ONERI ECONOMICI LEGATI ALL'ALLESTIMENTO DI GARE MOTORISTI-CHE, ONERI CHE HANNO COSTRETTO GLI ORGA-NIZZATORI AD ARCHIVIARE, NON SI SA PER QUANTO TEMPO, LA BELLA CORSA CAMUNA.

FORSE PER UN ANNO, FORSE PER SEMPRE...
TRASCORRONO GLI ANNI, IL RAGAZZO CRESCE... E IL "TROFEO VALLECA-MONICA" SEMBRA DEFINITIVAMENTE DESTINATO ALL'OBLIO...
...CINQUE ANNI FA SU QUESTA STRADA CORREVANO I CAMPIONI...
...A VOLTE MI SEMBRA DI SENTIRE ANCORA L'ECO DEI MOTORI...
"PAM"... NESTI... CHISSA' MAI SE TORNERANNO A SFIDARSI QUI DAVANTI A ME...

FINCHE', UN PO' A SORPRESA, ALLA FINE DEL 1981 IN VALLE INIZIANO A CIRCOLARE VOCI SEMPRE PIU' INSISTENTI...
AVETE LETTO IL GIORNALE ?!? FORSE L'ANNO PROSSIMO TORNA LA MALEGNO-BORNO !
Bresciaoggi

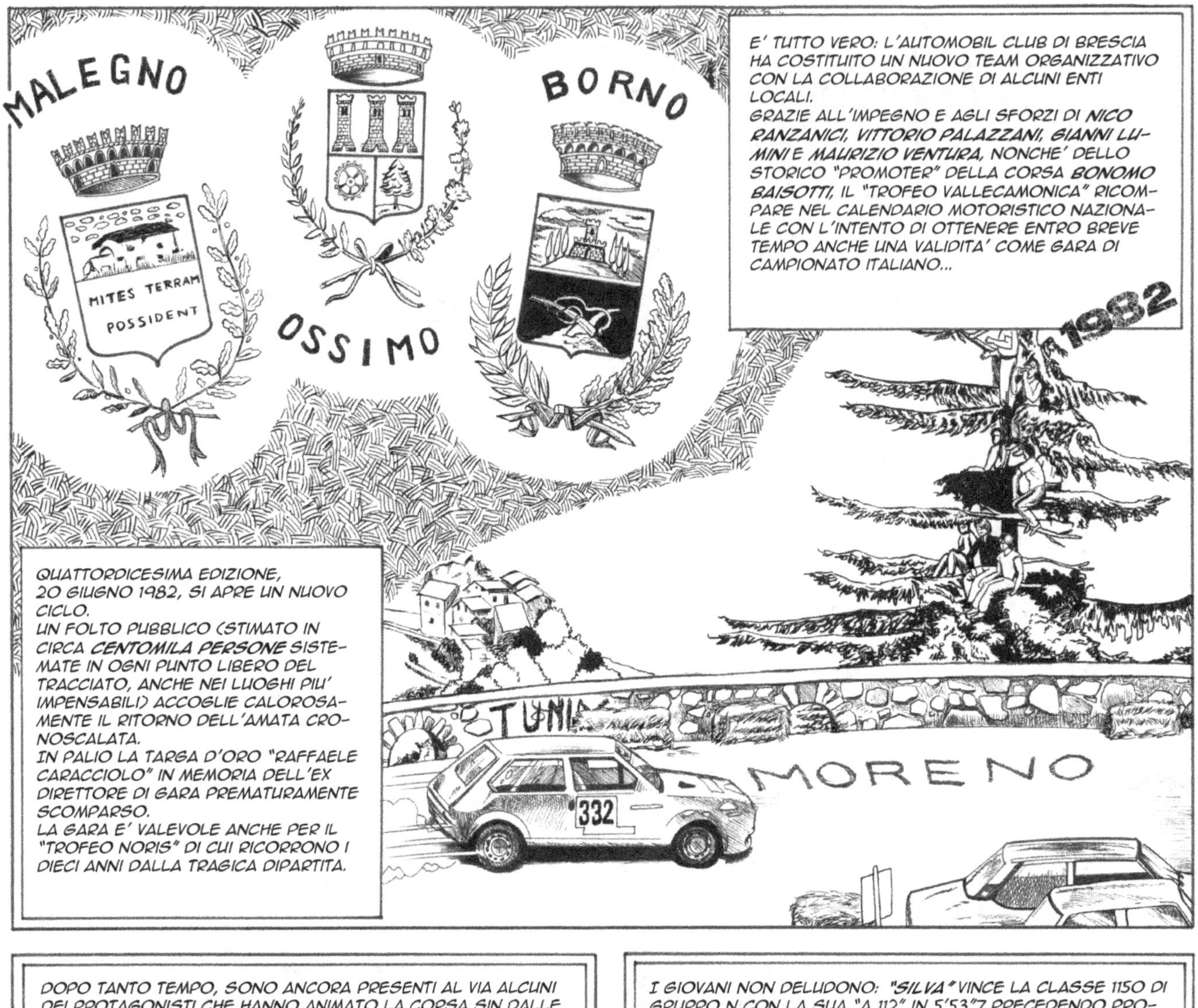

E' TUTTO VERO: L'AUTOMOBIL CLUB DI BRESCIA HA COSTITUITO UN NUOVO TEAM ORGANIZZATIVO CON LA COLLABORAZIONE DI ALCUNI ENTI LOCALI.
GRAZIE ALL'IMPEGNO E AGLI SFORZI DI NICO RANZANICI, VITTORIO PALAZZANI, GIANNI LUMINI E MAURIZIO VENTURA, NONCHE' DELLO STORICO "PROMOTER" DELLA CORSA BONOMO BAISOTTI, IL "TROFEO VALLECAMONICA" RICOMPARE NEL CALENDARIO MOTORISTICO NAZIONALE CON L'INTENTO DI OTTENERE ENTRO BREVE TEMPO ANCHE UNA VALIDITA' COME GARA DI CAMPIONATO ITALIANO...

QUATTORDICESIMA EDIZIONE, 20 GIUGNO 1982, SI APRE UN NUOVO CICLO.
UN FOLTO PUBBLICO (STIMATO IN CIRCA CENTOMILA PERSONE SISTEMATE IN OGNI PUNTO LIBERO DEL TRACCIATO, ANCHE NEI LUOGHI PIU' IMPENSABILI) ACCOGLIE CALOROSAMENTE IL RITORNO DELL'AMATA CRONOSCALATA.
IN PALIO LA TARGA D'ORO "RAFFAELE CARACCIOLO" IN MEMORIA DELL'EX DIRETTORE DI GARA PREMATURAMENTE SCOMPARSO.
LA GARA E' VALEVOLE ANCHE PER IL "TROFEO NORIS" DI CUI RICORRONO I DIECI ANNI DALLA TRAGICA DIPARTITA.

DOPO TANTO TEMPO, SONO ANCORA PRESENTI AL VIA ALCUNI DEI PROTAGONISTI CHE HANNO ANIMATO LA CORSA SIN DALLE PRIME EDIZIONI (COME IL BERGAMASCO MARIO TACCHINI), MENTRE ALTRI HANNO CEDUTO IL PASSO ALLE NUOVE LEVE DELL'AUTOMOBILISMO NAZIONALE E LOCALE, COME SILVANO DOMENIGHINI, CONOSCIUTO COME "SILVA", MORENO GENESINI DI CIVIDATE CAMUNO, GIANMARIO MAZZOLI "BACETTO", MARTINO BRANCHI E TANTI ALTRI...

I GIOVANI NON DELUDONO: "SILVA" VINCE LA CLASSE 1150 DI GRUPPO N CON LA SUA "A 112" IN 5'53"7 PRECEDENDO PROPRIO MAZZOLI DI 3 SECONDI. PIU' INDIETRO, NADIA GALVAN E MORENO GENESINI, TUTTI SU "A 112"...

IL GRUPPO N LO VINCE CLAUDIO GALLIZIOLI (ALFA ROMEO ALFASUD 1500) IN 5'03"3.
NEL GRUPPO A, "GILENA", CON LA FIAT RITMO 125 ABARTH, METTE TUTTI IN RIGA CON UN TEMPO STREPITOSO: 4'56"8, SOPRAVANZANDO IN CLASSE 2000 LE OPEL KADETT DI GIANPAOLO BASSO E GIULIO REGOSA...

ELIO RIGANTI (FIAT RITMO) VINCE IL GRUPPO 2 IN 4'49"4, MENTRE IL GRUPPO 3 E' DI GIACOMO GNUTTI (RENAULT 5 TURBO) IN 5'30"3.
SIAMO ALLE BIPOSTO DEL GRUPPO 6. ECCO L'ATTESISSIMO SEVERINO RONCHI ! DOPO LE BATTAGLIE PASSATE CON LA FEDELE FULVIA ZAGATO, RITORNA SUI TORNANTI CON QUESTA "AMS 1300", MA GLI ANNI SON PASSATI ANCHE PER LUI E GLI APPLAUSI DEL PUBBLICO SON DETTATI PIU' DALLA STIMA PER IL BRENESE CHE PER LA SUA PRESTAZIONE...

MODESTO INFATTI IL SUO TEMPO: 5'23"0. IL GRUPPO B VA ALLA PORSCHE TURBO DI LUIGI BORMOLINI CON 4'44"9, MENTRE IL GRUPPO 4 LO VINCE SEMPRE UNA PORSCHE "930 T" CON CARLO REBAI IN 4'35"2.
NELLE SPORT LA RIVELAZIONE DI QUEST'ANNO E' EZIO BARIBBI, GIA' CONOSCIUTO NEGLI EXPLOIT DI ALCUNI ANNI FA. QUESTA VOLTA CON UN'OSELLA "PA 9" 1600 E IL TEMPO DI 4'04"4 SI PIAZZA QUARTO ASSOLUTO, BATTENDO TEMIBILI AVVERSARI CON PROTOTIPI DI MAGGIOR CILINDRATA!

VIEN RESA NOTA ANCHE LA CLASSIFI-
CA DEL GRUPPO 5: VINCE GIANCARLO
POTENZI (PORSCHE 911) IN 4'40"8
PRECEDENDO DI 8 SECONDI L'AUDI 80
DI GIANCARLO GALIMBERTI.
ANTONIO "GANCIO" ANDREOLI SU
FORD ESCORT GIUNGE SECONDO
NELLA CLASSE 1600 DIETRO ALLA
BMW DI AMEDEO BERNARDI.
MA IL VERO DUELLO SUL TRACCIATO E'
UNA SORTA DI "REPLICA" DI SEI ANNI
PRIMA: GIORGIO FRANCIA, SECONDO
ASSOLUTO NELL'ULTIMA "MALEGNO-
BORNO" DI SEI ANNI FA, CI RIPROVA
QUEST'OGGI CON UN'OSELLA 2000
DELLA SCUDERIA "MIRABELLA MILLE
MIGLIA".
IL TEMPO E' FANTASTICO, ADDIRITTU-
RA SCENDE DI POCO SOTTO IL RE-
CORD DI MAURO NESTI: 3'56"6 !
AL TRAGUARDO ANCHE LUIGI MORE-
SCHI, STESSA VETTURA E STESSA
SCUDERIA: 4'03"8. AL MOMENTO SI
TROVA 2° ASSOLUTO DIETRO A
FRANCIA...

MA ECCO *NESTI* CHE SI PREPARA AL
VIA!
DURANTE I SEI ANNI DI PAUSA DEL
TROFEO VALLECAMONICA, IL TOSCA-
NO HA FATTO INCETTA DI TITOLI NA-
ZIONALI ED EUROPEI.
A 47 ANNI E' DEFINITO DA MOLTI IL
"RE DELLA MONTAGNA", DA TANTI
ALTRI "L'AMMAZZASALITE": E' DIVE-
NUTO LA "BESTIA NERA" DI MOLTI
TOP DRIVERS; DOVE SI RECA A GA-
REGGIARE NON SI ACCONTENTA SO-
LO DI VINCERE, MA VUOLE ANCHE
DEMOLIRE RECORD SU RECORD.
GLI ALTRI DEVONO ACCONTENTARSI
DI CORRERE PER IL SECONDO PO-
STO...

IL PUBBLICO CAMUNO LO ATTENDE A
UNA NUOVA IMPRESA...
...E INFATTI LUI NON DELUDE LE ASPET-
TATIVE. SALE DECISO MA PULITO, SENZA
SBAVATURE.
IL TEMPO RECORD DI 3'55"5 GLI GARAN-
TISCE IL TERZO SIGILLO CONSECUTIVO
NELL'ALBO D'ORO!

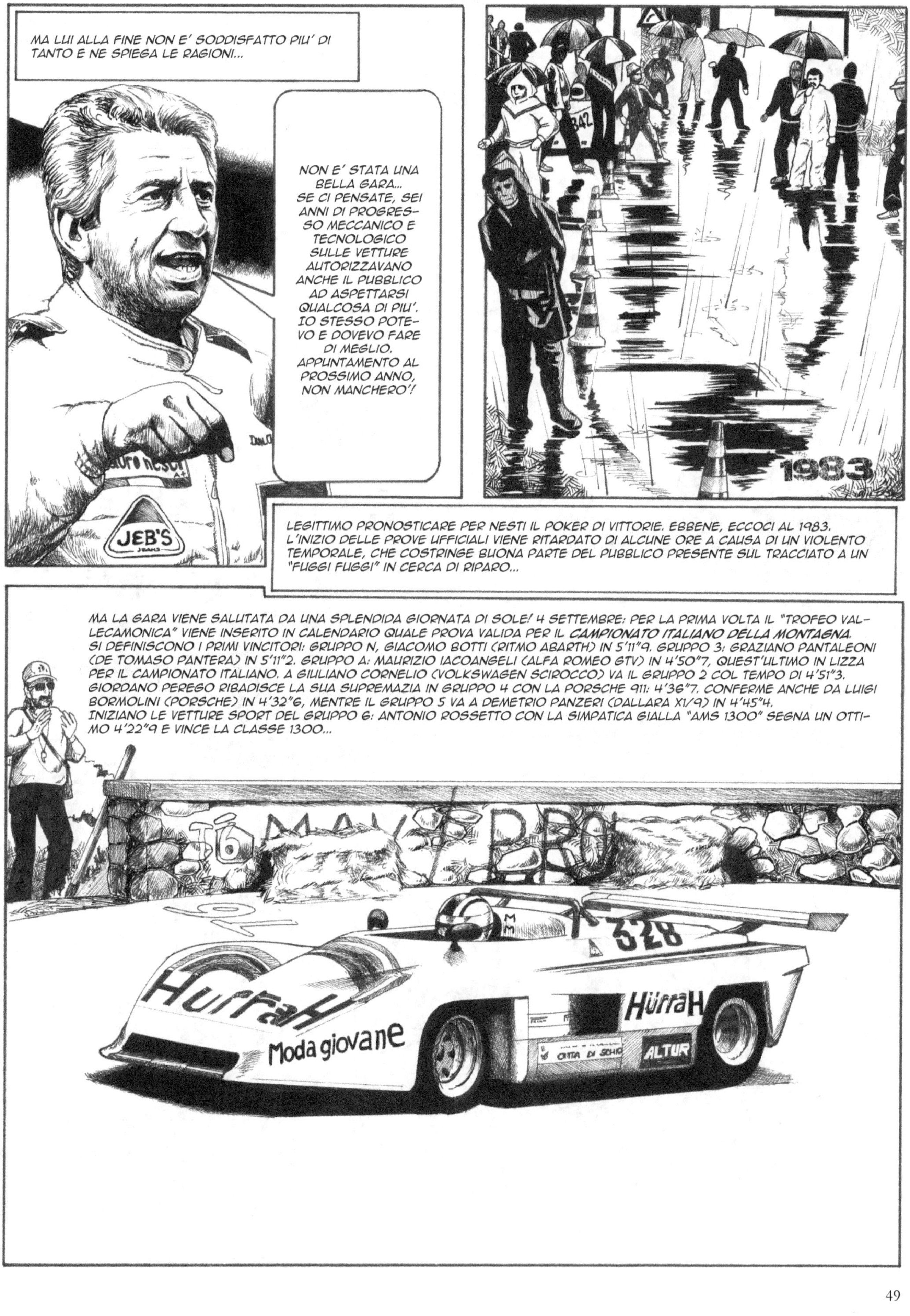

LEGITTIMO PRONOSTICARE PER NESTI IL POKER DI VITTORIE. EBBENE, ECCOCI AL 1983. L'INIZIO DELLE PROVE UFFICIALI VIENE RITARDATO DI ALCUNE ORE A CAUSA DI UN VIOLENTO TEMPORALE, CHE COSTRINGE BUONA PARTE DEL PUBBLICO PRESENTE SUL TRACCIATO A UN "FUGGI FUGGI" IN CERCA DI RIPARO...

MA LA GARA VIENE SALUTATA DA UNA SPLENDIDA GIORNATA DI SOLE! 4 SETTEMBRE: PER LA PRIMA VOLTA IL "TROFEO VALLECAMONICA" VIENE INSERITO IN CALENDARIO QUALE PROVA VALIDA PER IL *CAMPIONATO ITALIANO DELLA MONTAGNA.* SI DEFINISCONO I PRIMI VINCITORI: GRUPPO N, GIACOMO BOTTI (RITMO ABARTH) IN 5'11"9. GRUPPO 3: GRAZIANO PANTALEONI (DE TOMASO PANTERA) IN 5'11"2. GRUPPO A: MAURIZIO IACOANGELI (ALFA ROMEO GTV) IN 4'50"7, QUEST'ULTIMO IN LIZZA PER IL CAMPIONATO ITALIANO. A GIULIANO CORNELIO (VOLKSWAGEN SCIROCCO) VA IL GRUPPO 2 COL TEMPO DI 4'51"3. GIORDANO PEREGO RIBADISCE LA SUA SUPREMAZIA IN GRUPPO 4 CON LA PORSCHE 911: 4'36"7. CONFERME ANCHE DA LUIGI BORMOLINI (PORSCHE) IN 4'32"6, MENTRE IL GRUPPO 5 VA A DEMETRIO PANZERI (DALLARA X1/9) IN 4'45"4. INIZIANO LE VETTURE SPORT DEL GRUPPO 6: ANTONIO ROSSETTO CON LA SIMPATICA GIALLA "AMS 1300" SEGNA UN OTTIMO 4'22"9 E VINCE LA CLASSE 1300...

TRA I CONTENDENTI ALLA VITTORIA ASSOLUTA C'E' ANCHE IL GIOVANE *ROBERTO NEMBER*, CHE HA VINTO A INIZIO STAGIONE LA PRIMA EDIZIONE DEL "RALLY VALCAMONICA" IN COPPIA COL NAVIGATORE GEROLA.
PRENDE PARTE ALLE PROVE UFFICIALI CON UN'OSELLA BMW 2000 DATAGLI IN PRESTITO DA PINO TAMBONE, MA DOPO AVER AVUTO ALCUNI PROBLEMI PREFERISCE NON DISPUTARE LA GARA...

IL MANTOVANO *LUIGI MORESCHI* E' ORMAI UNA VECCHIA CONOSCENZA DELLE CRONOSCALATE, MA E' ANCHE UN FEDELE ABBONATO ALLE POSIZIONI DI ALTA CLASSIFICA: 4'02"1 IL SUO TEMPO CON L'OSELLA 2000, ALLA MEDIA DI OLTRE 130 KMH. AL MOMENTO IL MIGLIOR TEMPO ASSOLUTO...

ALLA PARTENZA MAURO NESTI. IL PISTOIESE CERCA IL POKER DI VITTORIE CONSECUTIVE. QUALCUNO ALLA VIGILIA GLI FA NOTARE IL FATTO DI NON AVERE STAVOLTA UN VERO ANTAGONISTA CHE POSSA METTERE A RISCHIO LA SUA SUPREMAZIA.
PER TUTTA RISPOSTA, MAURO CERCA QUINDI IN SE' STESSO L'AVVERSARIO DA BATTERE.
PRONTI... *VIA !!!*

E INFATTI IL "TOSCANACCIO" SALE DI SUO SOLITO, CON L'INTENTO DI STUPIRE:
3 MINUTI E 52 SECONDI NETTI !!!
RECORD NUOVAMENTE BATTUTO, POKER DI VITTORIE A BORNO E CONQUISTA DEL SUO ENNESIMO TITOLO DI CAMPIONE ITALIANO DELLA MONTAGNA.

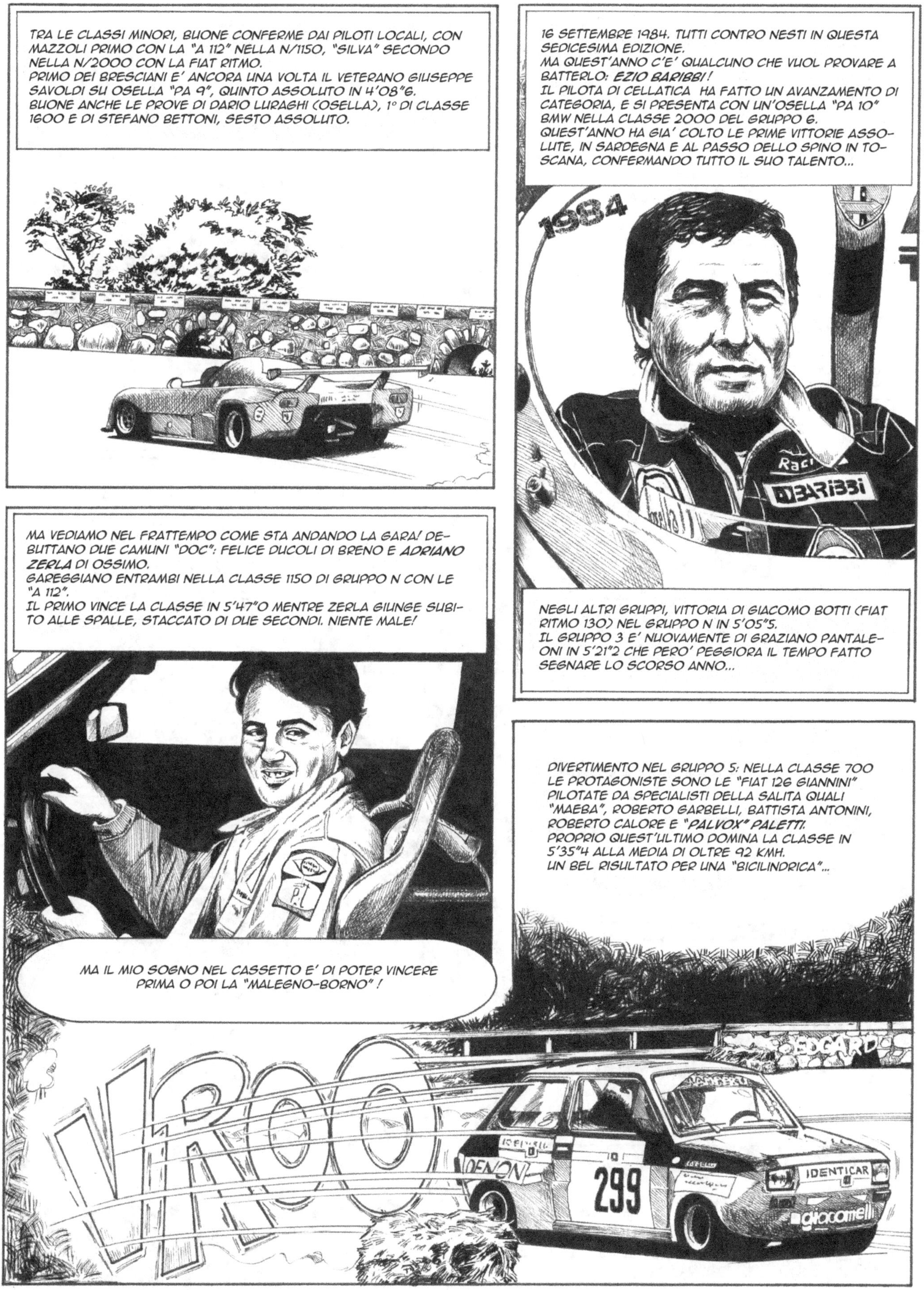

TRA LE CLASSI MINORI, BUONE CONFERME DAI PILOTI LOCALI, CON MAZZOLI PRIMO CON LA "A 112" NELLA N/1150, "SILVA" SECONDO NELLA N/2000 CON LA FIAT RITMO.
PRIMO DEI BRESCIANI E' ANCORA UNA VOLTA IL VETERANO GIUSEPPE SAVOLDI SU OSELLA "PA 9", QUINTO ASSOLUTO IN 4'08"6.
BUONE ANCHE LE PROVE DI DARIO LURAGHI (OSELLA), 1° DI CLASSE 1600 E DI STEFANO BETTONI, SESTO ASSOLUTO.

16 SETTEMBRE 1984. TUTTI CONTRO NESTI IN QUESTA SEDICESIMA EDIZIONE.
MA QUEST'ANNO C'E' QUALCUNO CHE VUOL PROVARE A BATTERLO: EZIO BARIBBI!
IL PILOTA DI CELLATICA HA FATTO UN AVANZAMENTO DI CATEGORIA, E SI PRESENTA CON UN'OSELLA "PA 10" BMW NELLA CLASSE 2000 DEL GRUPPO 6.
QUEST'ANNO HA GIA' COLTO LE PRIME VITTORIE ASSOLUTE, IN SARDEGNA E AL PASSO DELLO SPINO IN TOSCANA, CONFERMANDO TUTTO IL SUO TALENTO...

NEGLI ALTRI GRUPPI, VITTORIA DI GIACOMO BOTTI (FIAT RITMO 130) NEL GRUPPO N IN 5'05"5.
IL GRUPPO 3 E' NUOVAMENTE DI GRAZIANO PANTALEONI IN 5'21"2 CHE PERO' PEGGIORA IL TEMPO FATTO SEGNARE LO SCORSO ANNO...

MA VEDIAMO NEL FRATTEMPO COME STA ANDANDO LA GARA! DEBUTTANO DUE CAMUNI "DOC": FELICE DUCOLI DI BRENO E ADRIANO ZERLA DI OSSIMO.
GAREGGIANO ENTRAMBI NELLA CLASSE 1150 DI GRUPPO N CON LE "A 112".
IL PRIMO VINCE LA CLASSE IN 5'47"0 MENTRE ZERLA GIUNGE SUBITO ALLE SPALLE, STACCATO DI DUE SECONDI. NIENTE MALE!

DIVERTIMENTO NEL GRUPPO 5: NELLA CLASSE 700 LE PROTAGONISTE SONO LE "FIAT 126 GIANNINI" PILOTATE DA SPECIALISTI DELLA SALITA QUALI "MAEBA", ROBERTO GARBELLI, BATTISTA ANTONINI, ROBERTO CALORE E "PALVOX" PALETTI.
PROPRIO QUEST'ULTIMO DOMINA LA CLASSE IN 5'35"4 ALLA MEDIA DI OLTRE 92 KMH.
UN BEL RISULTATO PER UNA "BICILINDRICA"...

ALTRI CAMUNI IN EVIDENZA: PIETRO TOSINI CON LA PORSCHE GRUPPO 4 GIUNGE 3° DI CLASSE 3000 ALLE SPALLE DEL RALLISTA ALBERTO MONTINI (PORSCHE) CHE SI IMPONE IN 4'33"4, E IL SEMPRE PRESENTE *LUCIANO DAL BEN*. ECCOLO!
LA SUA FERRARI 308 GTB SALE IN 4'42"1. MA ALLA FINE E' MONTINI A VINCERE IL GRUPPO 4.
NEL GRUPPO A, VITTORIA DI ABELE TANGHETTI "TANGO" (ALFA ROMEO GTV) IN 4'50"7 CHE HA LA MEGLIO SU ADEMARO MASSA PER SOLO UN DECIMO!
SI IMPONE INVECE IN GRUPPO 2 ANCORA GIULIANO CORNELIO (VOLKSWAGEN SCIROCCO) IN 4'49"4.
A VINCERE IL GRUPPO B E' NUOVAMENTE GERMANO NATALONI CHE PROIETTA LA SUA LANCIA "037" VERSO BORNO IN 4'27"7.
UN'ALTRA LANCIA, LA "BETA MONTECARLO" CONDOTTA DA "KABIBO" VINCE IL GRUPPO 5 COL TEMPO DI 4'41"4.

MA ATTENDIAMO ORA LA SALITA DEL GRUPPO 6, CON IL "TRIELLO" FINALE CHE SI PROPONE DOPO IL PASSAGGIO DI OLTRE 200 CONCORRENTI.
TRA I DUE RIVALI BARIBBI E NESTI, SI INSERISCE INFATTI *PINO TAMBONE*. CON UN'OSELLA 2000 "PA 9" DEL "TEAM 1000 MIGLIA" CHE STACCA UN CRONO ECCELLENTE: 3'58"0 !
E' TRA I POCHISSIMI PILOTI NELLA STORIA DELLA "MALEGNOOSSIMO-BORNO" A ESSERE SCESO SOTTO I 4 MINUTI.
PER ORA DETIENE IL MIGLIOR TEMPO DAVANTI A RODOLFO AGUZZONI, MA TOCCA ORA AI DUE FAVORITI...

TAMBONE HA FATTO UN "CINQUANTOTTO" ?!? IERI ALLE PROVE SUL BAGNATO MI AVEVA RIFILATO UN BEL PAIO DI SECONDI...

GIA'... VA RICORDATO CHE LE PROVE DEL SABATO SI SONO SVOLTE SOTTO LA PIOGGIA.
MAURO NESTI GIRAVA MEGLIO DI TUTTI IN 4'40"7 PROPRIO DAVANTI A TAMBONE, CHE CONCLUDEVA LA SUA SALITA MIGLIORE COL TEMPO DI 4'48"5.
BARIBBI SALIVA PIU' CAUTO DEL DUO DI TESTA, OTTENENDO IL TERZO TEMPO: 4'50"8.
MA ORA TOCCA PROPRIO A LUI PRENDERE IL VIA VERSO L'ALTOPIANO DI BORNO!

CARO NESTI, ADESSO RIPORTERO' IL "TROFEO VALLECAMONICA" IN TERRA BRESCIANA!

LE TRATTATIVE NON VANNO PERO' A BUON FINE. NESTI E' COSTRETTO A TORNARE SUI SUOI PASSI E A RIPRENDERE TRA LE MANI LA SUA VECCHIA OSELLA "PA 9" BMW PER AFFRONTARE LA STAGIONE 1985 DEL CAMPIONATO EUROPEO, CONTRO PILOTI DEL CALIBRO DI HERBERT STENGER, FRANCIS DOSIERES E GIOVANNI ROSSI.
LA DICIASSETTESIMA EDIZIONE DEL "TROFEO VALLECAMONICA" SI SVOLGE DOMENICA 16 GIUGNO. PURTROPPO LA GARA NON HA PIU' VALIDITA' PER IL CAMPIONATO TRICOLORE MA SOLO PER LA "COPPA CSAI" DI ZONA. NONOSTANTE CIO' SONO MOLTI E VALIDI I CONCORRENTI AL VIA: OLTRE DUECENTO!

1985

PER L'OCCASIONE, L'EDITORE GIANNI PAROLINI CREA UNO SPECIALE LOGO CHE IDENTIFICA LA "MALEGNO-OSSIMO-BORNO" E LA CARATTERIZZERA' PER DIVERSI ANNI...

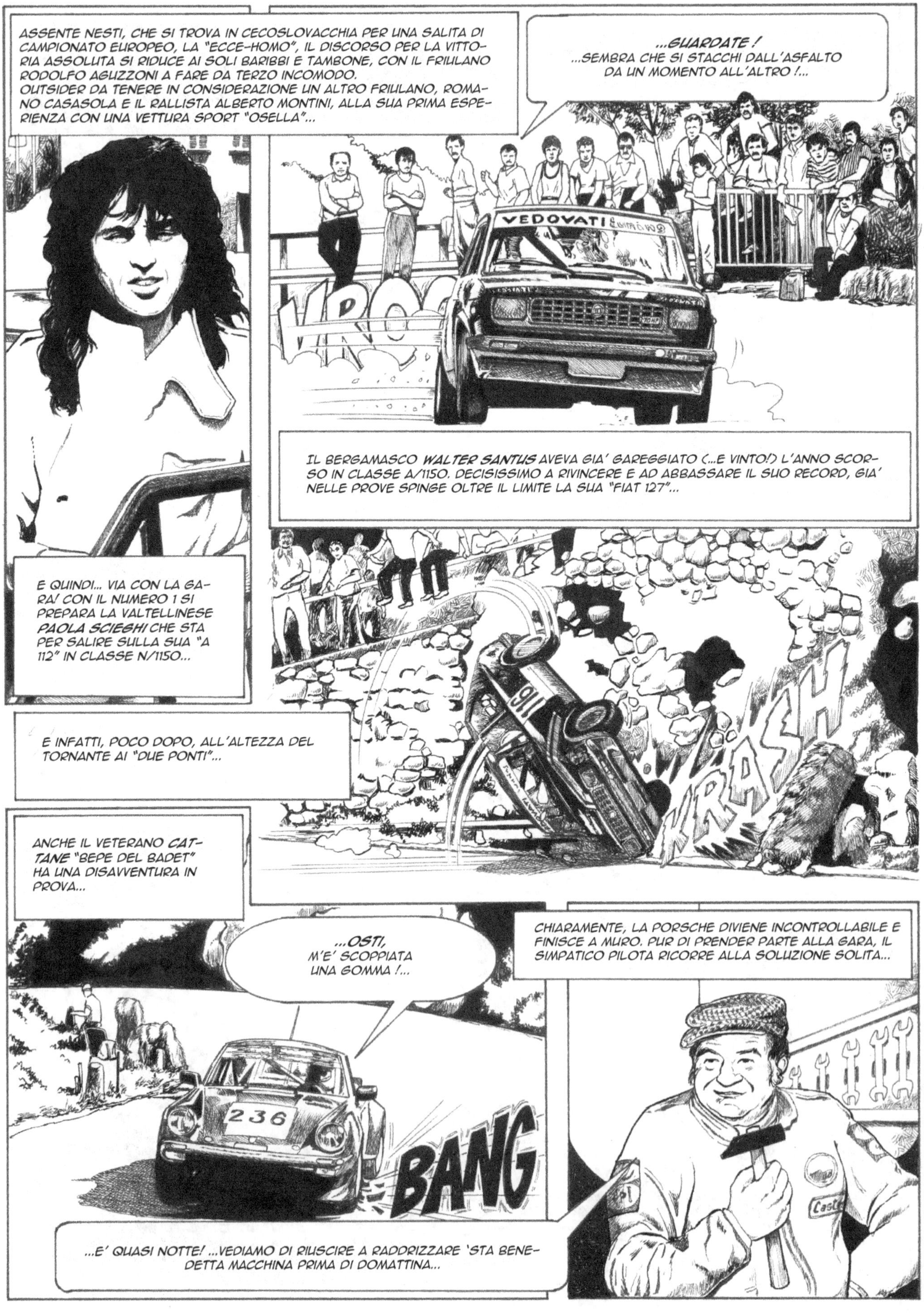

ASSENTE NESTI, CHE SI TROVA IN CECOSLOVACCHIA PER UNA SALITA DI CAMPIONATO EUROPEO, LA "ECCE-HOMO", IL DISCORSO PER LA VITTORIA ASSOLUTA SI RIDUCE AI SOLI BARIBBI E TAMBONE, CON IL FRIULANO RODOLFO AGUZZONI A FARE DA TERZO INCOMODO.
OUTSIDER DA TENERE IN CONSIDERAZIONE UN ALTRO FRIULANO, ROMANO CASASOLA E IL RALLISTA ALBERTO MONTINI, ALLA SUA PRIMA ESPERIENZA CON UNA VETTURA SPORT "OSELLA"...

IL BERGAMASCO *WALTER SANTUS* AVEVA GIA' GAREGGIATO (...E VINTO!) L'ANNO SCORSO IN CLASSE A/1150. DECISISSIMO A RIVINCERE E AD ABBASSARE IL SUO RECORD, GIA' NELLE PROVE SPINGE OLTRE IL LIMITE LA SUA "FIAT 127"...

E QUINDI... VIA CON LA GARA! CON IL NUMERO 1 SI PREPARA LA VALTELLINESE *PAOLA SCIEGHI* CHE STA PER SALIRE SULLA SUA "A 112" IN CLASSE N/1150...

E INFATTI, POCO DOPO, ALL'ALTEZZA DEL TORNANTE AI "DUE PONTI"...

ANCHE IL VETERANO *CATTANE* "BEPE DEL BADET" HA UNA DISAVVENTURA IN PROVA...

CHIARAMENTE, LA PORSCHE DIVIENE INCONTROLLABILE E FINISCE A MURO. PUR DI PRENDER PARTE ALLA GARA, IL SIMPATICO PILOTA RICORRE ALLA SOLUZIONE SOLITA...

...E' QUASI NOTTE! ...VEDIAMO DI RIUSCIRE A RADDRIZZARE 'STA BENEDETTA MACCHINA PRIMA DI DOMATTINA...

CON LA PORSCHE 3.3 TURBO RIPARATA ALLA MENO PEG-
GIO CATTANE SALE UN PO' ABBOTTONATO MA FA SEGNARE
UN DISCRETO 5'02"68 CHE GLI CONSENTE DI VINCERE LA
CLASSE OLTRE 3000 DEL GRUPPO B, INIZIALMENTE VINTO
DAL SUO COMPAESANO PIETRO TOSINI SU PORSCHE 911,
IN 4'46"63 (MA POI SQUALIFICATO PER IRREGOLARITA'
SULLA VETTURA).
RIECCO QUINDI SANTUS! ANCH'ESSO CON LA VETTURA
ANCORA DANNEGGIATA RIMEDIA UN OTTIMO SECONDO
POSTO DI CLASSE IN 5'20"05 A QUASI 100 KMH DI MEDIA
E A MENO DI 4" DA FELICE MENESTRINA SU FIAT 127.
IL GRUPPO A LO VINCE NUOVAMENTE "TANGO" (ALFA RO-
MEO GTV) IN 4'41"87.

IVAN BUTTI SU FIAT RITMO ABARTH (5'07"42) VINCE
IL GRUPPO N. INVECE IL GRUPPO 3 LO VINCE... IN-
DOVINATE UN PO'? GRAZIANO PANTALEONI E LA
SUA "DE TOMASO PANTERA" IN 4'55"58!
GIULIO REGOSA E' ALLE SUE PRIME ESPERIENZE
CON LE VETTURE "SPORT" DI GRUPPO 6.
CON UNA VECCHIA "CHEVRON B36" TENTA IL COL-
PACCIO IN CLASSE 1600. STA PER FAR SEGNARE
UN OTTIMO TEMPO, MA A POCHI KM. DALL'ARRIVO...

TOCCA A *RODOLFO AGUZZONI* DELLA SCUDERIA "VIVAI BUSA". ANCHE LA SUA
OSELLA NON E' DELLE PIU' AGGIORNATE, E' UNA "PA 7"...

...MA CON UNA PRESTAZIONE DAVVERO MAGISTRALE RIESCE, COME POCHI ALTRI PRIMA
DI LUI, A SCENDERE SOTTO I 4 PRIMI, PER UN SOLO CENTESIMO: 3'59"99!

ECCO IN DEFINITIVA ANCHE I RISULTATI DEGLI ALTRI GRUPPI SALITI IN PRECEDENZA:
GRUPPO 2 DOMINATO DAL SOLITO CORNELIO (VW SCIROCCO) IN 4'39"85.
E COME DA COPIONE, *DEMETRIO PANZERI* (DALLARA X1/9) RIPETE IL SUCCESSO DEL-
LO SCORSO ANNO IN GRUPPO 5: UNO SPLENDIDO 4'36"8!
E ARRIVANO ANCHE I PRIMI RISULTATI DEL GRUPPO 6: ANTONIO ROSSETTO PRIMEGGIA IN
CLASSE 1300 SU "LOLA OLMAS" PRECEDENDO L'ALTRA "LOLA" DI FRANCO BRESCHI
PER BEN 6".
NELLA CLASSE 1600, SUCCESSO DI SERGIO REBASTI "DOMINGO" SU "OSELLA RAM" IN
4'12"52 DAVANTI A DARIO LURAGHI (OSELLA 1600).
MENTRE BARIBBI SI PREPARA AL VIA, VEDIAMO *PINO TAMBONE* CHE GRINTOSAMENTE
MIGLIORA DI OLTRE 4" IL TEMPO DELLO SCORSO ANNO: 3'54"04. PER ORA E' DAVANTI!

MA *BARIBBI* SA DI POTERCELA FARE... E INFATTI I CRONOMETRI PER LUI SI FERMANO SU UN OTTIMO *3'52"18*, ALLA MEDIA DI 133 KMH.
MA IL TEMPO E' DI OLTRE SEI SECONDI PIU' ALTO RISPETTO AL RECORD DI NESTI...

ARCHIVIATA L'EDIZIONE 1985, IL DUELLO "BARIBBI CONTRO NESTI" SI RIPRESENTA L'ANNO SUCCESSIVO. DOMENICA 8 GIUGNO 1986: LA CORSA RITORNA IN CALENDARIO PER IL CAMPIONATO ITALIANO ASSOLUTO DELLA MONTAGNA.
I NUOVI REGOLAMENTI SU SICUREZZA E OMOLOGAZIONE SANCISCONO IL PENSIONAMENTO PER LE VETTURE DEI VECCHI GRUPPI 2-3-4-5, ALLE QUALI VIENE PERO' CONCESSA UNA STAGIONE TRANSITORIA DI "PROROGA": POTRANNO GAREGGIARE INFATTI IN UN UNICO RAGGRUPPAMENTO.
LA SPECIALE CLASSIFICA PREMIA LUCIANO DAL BEN: CON L'INSEPARABILE (ANCORA PER POCO) FERRARI "308 GTB" SALE IN 4'46"7 E VINCE DAVANTI A *FABIO COLOSINI* (FIAT RITMO 125) IN 5'02"81.
DAL PROSSIMO ANNO SI CAMBIERA': AL VIA, SOLO I GRUPPI N-A-B E SPORT PROTOTIPI.

IN COMPENSO, PARADOSSALMENTE, LA NOVITA' DI QUESTA EDIZIONE E' RAPPRESENTATA DALL'INSERIMENTO IN GARA DELLA CATEGORIA RISERVATA ALLE *"AUTO STORICHE"*: VETTURE PRODOTTE FINO AI PRIMI ANNI '60, MOLTE DELLE QUALI HANNO GIA' VISSUTO MOMENTI DI GLORIA E MILLE AVVENTURE NELLE GARE IN SALITA DI QUALCHE DECENNIO PRIMA E CHE ORA SI DARANNO NUOVAMENTE BATTAGLIA A COLPI DI CRONOMETRO...
SEMBRA QUASI UNA SORTA DI "RIVINCITA" VERSO LE "GIOVINCELLE NEO-PENSIONATE" CHE STANNO FACENDO GLI ULTIMI ORGOGLIOSI RUGGITI PRIMA DI TORNARE (DEFINITIVAMENTE?) NEI LORO GARAGE...

ANTONIO E ANGELA ANDREOLI

MILESI

MENDENI

PEZZONI

FRANZONI

"SILVA"

MARIOLINI

DUCOLI

ECCO UNA CARRELLATA DI PILOTI CAMUNI DI QUESTE ULTIME EDIZIONI, CHE CORRONO PER PURA PASSIONE SENZA PERO' RINUNCIARE A QUALCHE BUON PIAZZAMENTO, SPESSO CONQUISTATO DAVANTI AI CONSUMATI PROFESSIONISTI INTERNAZIONALI DELLE CORSE IN SALITA: *GIANBATTISTA PEZZONI* DI BORNO, CHE HA DEBUTTATO LO SCORSO ANNO CON UNA "A 112"; *LINO MENDENI* DI BIENNO, ANCHE LUI UN QUASI DEBUTTANTE; *GIANANTONIO FRANZONI* DI GORZONE; ALBERTO ARMENI DI SELLERO; I FRATELLI *ANGELA E ANTONIO ANDREOLI* DETTO "GANCIO"; POI ANCORA *PIETRO MILESI* DI CETO; IL GIA' DA ANNI AFFERMATO DRIVER *GIANFRANCO MARIOLINI* CON L'ALFA ROMEO "GTV"; TONINO GIMITELLI DI ASTRIO; CARLO MOSCARDI DI BRENO; OLTRE A FRANCESCO ZENDRA DA OSSIMO, SILVANO *"SILVA"* DOMENIGHINI, *FELICE DUCOLI* DI BRENO (GIA' MESSOSI IN EVIDENZA NEGLI ANNI SCORSI), GIACOMO MORANDINI E GIANMARIO MAZZOLI (CHE FORMANO ANCHE NEI RALLY UNA FAMOSA "DITTA" VINCENTE!), GIANPIETRO GIUDICI E TANTI ALTRI.

RISPETTO A VENT'ANNI PRIMA QUANDO I PILOTI LOCALI ERANO UNA PUR VALIDA MINORANZA, OGGI SONO UNA COSPICUA PERCENTUALE DEL PARCO ISCRITTI. NOMI CHE SICURAMENTE INCONTREREMO ANCHE IN FUTURO, GRAZIE ANCHE ALLE NEONATE SCUDERIE SPORTIVE DELLA VALLE, COME LA VALCAMONICA CORSE, NATA DALLA PASSIONE DI MARTINO BRANCHI, GIA' BRILLANTE PILOTA IN GARA.

C'E' ANCHE IL RITORNO DI "PAM", QUESTA VOLTA SOLO COME APRIPISTA AL VOLANTE DI UNA ABARTH 2000 DEL 1968: IN REALTA' HA GIA' ABBANDONATO LE CORSE DA UNA DECINA D'ANNI.

IL PRESIDENTE DELL'ACI BRESCIA SPORT, RAUL PATRIZI, ASSIEME A TUTTO LO STAFF ORGANIZZATIVO (IL "BIM" DI BORNO, LA COMUNITA' MONTANA E L'INTRAMONTABILE BONOMO BAISOTTI) SONO PRONTI PER DARE IL VIA A QUESTA NUOVA EDIZIONE DELLA "MALEGNO-OSSIMO-BORNO"!

MAURO NESTI ATTRAVERSA UNA FASE NON PARTICOLARMENTE BRILLANTE: LO SCORSO ANNO HA AVUTO UN BRUTTO INCIDENTE ALL'EUROSALITA "CESANA-SESTRIERE" IN CUI HA RIPORTATO ALCUNE FRATTURE AD UNA GAMBA. RIESCE A RIENTRARE IN TEMPO PER RIVINCERE IL TITOLO EUROPEO, MA IN QUESTA STAGIONE LA SUA VECCHIA OSELLA BMW ACCUSA FREQUENTI PROBLEMI DI CARBURAZIONE. ANCHE DURANTE LE PROVE DI IERI E' APPARSA MENO EFFICACE DEL SOLITO, COSICCHE' LA PRESTAZIONE DEL TOSCANO E' APPARSA UN PO' SOTTOTONO...

STANOTTE ABBIAMO SOSTITUITO TUTTO: POMPA DELLA BENZINA, PRESE D'ARIA, VALVOLE... CI SON STATI ANCHE PROBLEMI DI PESCAGGIO DEL CARBURANTE. STIAMO PROVANDO NUOVE SOLUZIONI, SPERIAMO BENE...

MA ECCOCI ALLA GARA: MENTRE LUCIO FERRARI SU RENAULT 5 "GT TURBO" VINCE IL GRUPPO N SEGNANDO UN 4'56"23 E BRUCIANDO DI 4 SECONDI GIACOMO BOTTI SU VETTURA ANALOGA, IL GRUPPO A INVECE LO CONQUISTA PIERLUIGI FUGANTI SU FIAT RITMO A-BARTH IN 4'46"91, CHE METTE DIETRO A SE' IL CAMPIONE ITALIANO MAURIZIO IACOANGELI (ALFA ROMEO GTV).
INTANTO STANNO SALENDO LE VETTURE DI GRUPPO B: ECCO L'AGGRESSIVITÀ' DELLA "LANCIA 037" CON ALLA GUIDA UN ALTRO VECCHIO CAMPIONE: *GERMANO NATALONI*, CHE FA IL VUOTO DIETRO A SE' COL TEMPO DI 4'28"10 A OLTRE 115 KMH. DI MEDIA! NATALONI CORRE IN MONTAGNA SIN DAL 1959 E DA ANNI E' FEDE-LE ALLE VETTURE SPORTIVE DELLA CASA DI CHIVASSO.
DIETRO A LUI, LE PUR POTENTI "PORSCHE 911" DI BERNARDI, TOSI-NI, VENTURELLI E VANOGLIO REGISTRANO DISTACCHI ABISSALI!

E' IL MOMENTO DEI PROTOTIPI DI GRUPPO 6! IL PRIMO A PRENDERE IL VIA E' IL VALTELLINESE *GIANMARIA CASTELLI*. SEMPRE PRESENTE A MALEGNO SIN DALLA RI-PRESA DELLA CORSA CAMUNA DEL 1982, GAREG-GIA PER LA SCUDERIA "CITTA' DI SONDRIO" CON QUESTA "LUCCHINI ALFA ROMEO", CLASSE "SPORT NAZIONALE"...

APPRODA PER LA PRIMA VOLTA IN TERRA BRESCIA-NA IL SICILIANO BENNY ROSOLIA, UNA VERA E PROPRIA CELEBRITA' FRA GLI APPASSIONATI DI AUTOMOBILISMO DEL SUD ITALIA: MEMORABILI I SUOI DUELLI CON ENRICO GRI-MALDI E DOMENICO SCO-LA, SPESSO RISOLTI SUL FILO DEI CENTESIMI! PUR NON ESSENDO A CO-NOSCENZA DEL NOSTRO TRACCIATO, LA SUA PAR-TECIPAZIONE E' PIU' CHE ONOREVOLE: PER LUI E LA SUA OSELLA 2000, I CRONOMETRI SI FERMANO SU UN BEL 4'02"28 CHE GLI VALSONO IL QUARTO POSTO ASSOLUTO!

MENTRE GIULIO REGOSA, FINALMENTE CON UNA "OSELLA BMW" SEPPUR NON TRA LE PIU' RECENTI, VEDE IL TRAGUARDO IN 4'15"26, EZIO BARIBBI SALE PULITO E SENZA RISCHIARE.
OTTIENE UN 3'53"41, OTTIMO MA NON ESALTANTE SE RAPPORTATO AL SUO STANDARD; IL SUO TEMPO INFATTI E' SUPERIORE A QUELLO SIGLATO LO SCORSO ANNO.
AL MOMENTO PERO' SI TROVA AL PRIMO POSTO PROVVISORIO...

ECCO "RE NESTI"... LA SUA VETTURA CONFERMA I GUAI PATITI IERI IN PROVA, TUTTAVIA LUI CI METTE MOLTO DEL SUO, E IL PUBBLICO PARE NON ACCORGERSI CHE CI SIANO DEI PROBLEMI...

...QUI L'ANDAZZO NON E' PER NULLA MIGLIORATO! CERCHERO' DI FINIRE LA GARA ALLA MENO PEGGIO...

LE PERPLESSITA' AVUTE IERI DAL "RE DELLA MONTAGNA" SONO FONDATE: IL CRONOMETRO EMETTE LA SUA SENTENZA, UN MODESTO 3'59"49 LO LASCIA ALLE SPALLE DI BARIBBI DI BEN SEI SECONDI; PER UN SOFFIO RIESCE A NON DOVER CEDERE PURE LA SECONDA POSIZIONE A TAMBONE!
EZIO BARIBBI FA IL "BIS" AL "TROFEO VALLECAMONICA" ED ENTRA NELLA STORIA PER AVER SPODESTATO IL "RE" DOPO ANNI DI DOMINIO INCONTRASTATO!

"... NON SEMPRE SI PUO' VINCERE! ...COMPLIMENTI ALL'AMICO EZIO, HO SEMPRE SOSTENUTO CHE PRIMA O POI SAREBBE RIUSCITO A BATTERMI!!..."

TRA LE MAGGIORI SCUDERIE BRESCIANE C'E' LA "BRESCIARALLY", FONDATA NEL 1975 DA RENATO BENEDETTI, ELIGIO BUTTURINI, SANDRO CORSINI E GIULIANO GAVAZZI. SCHIERA UN TRIS DI OTTIMI "SCALATORI" QUALI NAZZARENO STRAPPARAVA (PEUGEOT 205), ENRICO BARTOLINI (A 112) E *DARIO LURAGHI* (OSELLA PA 9).

QUESTA VOLTA IL PROPULSORE BMW DELLA SUA OSELLA LO TRADI-SCE PROPRIO MENTRE, VERSO OSSIMO, IL SUO PARZIALE INTERME-DIO ERA NETTAMENTE INFERIORE A QUELLO RILEVATO AL TOSCANO... COSTRETTO AL RITIRO, LA VITTORIA VIENE CONSEGNATA DIRETTA-MENTE NELLE MANI DI MAURO NESTI, CHE PER LA SESTA VOLTA SI AGGIUDICA LA "MALEGNO-BORNO"

NELLE CLASSI MINORI, SUCCESSO IN GRUPPO N PER BENEDETTO FUSCO (FORD SIERRA COSWORTH) IN 4'43"52.
"SANCIO" ANDREOLI VINCE INVECE IL GRUPPO A CON LA SUA ALFA ROMEO "75" IN 4'42"82.
LA LANCIA "DELTA S4" DI GERMANO NATALONI HA INVECE PRIMEGGIATO IN GRUPPO B COL TEMPO DI 4'24"76 AVENDO LA MEGLIO SULL'ALTRA LANCIA, LA "037" DI BENEDETTO BERNARDI PER MENO DI DUE SECONDI.
BUONE ANCHE LE PROVE DI ENNIO BISINELLI, DI "PETER", DI ANGELO GRAZIOLI E PIETRO DE GIACOMI.

1988, VENTESIMA EDIZIONE, 12 GIUGNO. NESTI, PUR AVENDO VINTO IL CAMPIONATO EUROPEO 1987, NON E' RIMASTO MOLTO ENTUSIASTA DELL'ESPERIENZA CON LA "LUCCHINI".
DECIDE PERCIO' DI TORNARE AD AFFRONTARE CURVE E TORNANTI CON LA PIU' AFFIDABILE OSELLA BMW.
SI ISCRIVE ALLA CORSA, MA A CAUSA DI INCONVENIENTI ALLA TRASMISSIONE NON RIESCE NEPPURE AD ACCEDERE ALLE VERIFICHE TECNICHE DEL VENERDI'...

1988

VENENDO A MANCARE L'ORMAI CLASSICO DUELLO TRA NESTI E BARIBBI, QUEST'ULTIMO RIMANE SULLA CARTA L'UNICO FAVORITO.
MA QUESTO E' UN ANNO BUONO ANCHE PER FRANCO PILONE: IL PILOTA TORINESE, DA TEMPO COLLAUDATORE UFFICIALE DI ENZO OSELLA, STA SVILUPPANDO IL NUOVO MODELLO "PA 12" E LA VETTURA PARE ORMAI PRONTA PER PUNTARE IN ALTO...

OLTRE ALLA "VALCAMONICA CORSE" E "BRESCIARALLY", VI SONO ALTRE NEONATE REALTA' LOCALI NELL'AUTOMOBILISMO BRESCIANO TRA CUI LA "BIESSE CORSE", LA "DELTA RACING", LA "ADAMELLO RACING" E TANTE ALTRE PICCOLE SCUDERIE DI SUCCESSO...

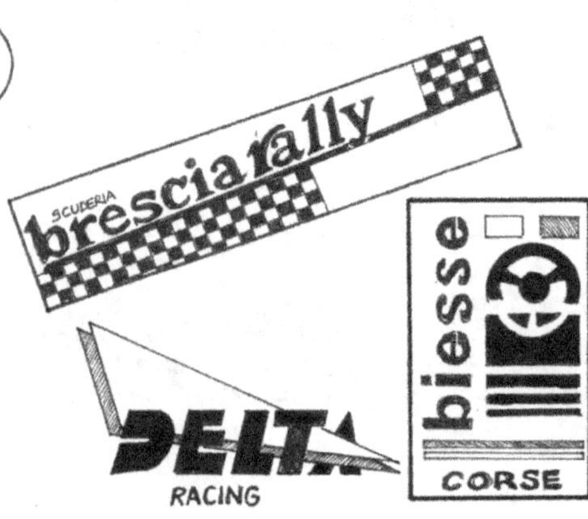

IL GRUPPO N VA PERO' AD ANDREA ROMANO (FORD SIERRA COSWORTH)

DOPO LE VITTORIE IN GRUPPO A DI GIUSEPPE ZARPELLON (BMW M3) IN 4'38"74 E IN GRUPPO B DEL SOLITO NATALONI (DELTA S4) IN 4'26"38, E' IL MOMENTO CLOU DEI "PROTOTIPI". *ANTONIO ROSSETTO*, IN 4'23"19 PORTA LA SUA "LOLA OLMAS" A VINCERE LA CLASSE 1300 STACCANDO DI OLTRE 25" LE DUE "AMS" GUIDATE DA ITALO TRAVAGIN E LUCIANO DAL BEN (CHE HA RILEVATO LA VETTURA DISMESSA DA SEVERINO RONCHI)...

CLASSE 2000: FRANCO PILONE SFRECCIA OLTRE IL BIVIO DI LOZIO. DA COME MORDE I TORNANTI SEMBRA CHE VENT'ANNI DALLA SUA VITTORIA PRECEDENTE NON SIANO MAI TRASCORSI...

SALE COME UNA SCHEGGIA ANCHE *ROMANO CASASOLA*! IL PUBBLICO NON IMPIEGA MOLTO A CAPIRE CHE NELLA LOTTA PER IL PRIMO POSTO C'E' ANCHE LUI!

REGOSA, LANCIATISSIMO LO SEGUE E ANCH'ESSO AGGREDISCE LE CURVE SENZA COMPLIMENTI: SA BENE CHE IL DUO PARTITO PRIMA DI LUI GLI RENDERA' LA VITA DIFFICILE!

MA MENTRE BARIBBI ATTENDE DI PRENDERE IL VIA COME ULTIMO CONCORRENTE SCHIERATO ALLO START, VIENE ORDINATO LO STOP ALLE PARTENZE: DA BORNO GIUNGE NOTIZIA DI UN GRAVE INCIDENTE !!!

ANDIAMO VERSO OSSIMO A VEDERE INFATTI COSA E' ACCADUTO POCHI ISTANTI PRIMA...
!?
VRODO
197
AVON
197
...IL PROTOTIPO PERDE ADERENZA E SEMBRA QUASI IMPENNARSI !!!

KRAK
197
L'IMPATTO E' TREMENDO! CONTRO LE ROCCE, POCO PRIMA DELLA "ESSE" CHE CONDUCE VERSO OSSIMO.
UN PO' PIU' TARDI PASSA CASASOLA, CHE NON INTUISCE IL GRADO D'IMPORTANZA DELL'INCIDENTE E PROSEGUE LA CORSA VERSO IL TRAGUARDO...
SOPRAGGIUNGE ANCHE REGOSA CHE SCORGE DA LONTANO LA DRAMMATICA SCENA E, TEMENDO IL PEGGIO, DECIDE DI ARRESTARE LA SUA "OSELLA BMW" E SCENDERE A SOCCORRERE LO SFORTUNATO COLLEGA...

ODDIO, CHE BOTTA !!!
...COME STA ?!?
MI DISPIACE...
... CI TENEVO MOLTO A RIVINCERE QUESTA GARA !...
199
TONOLINI SPORT
MULTIRACING
E' FERITO! RISPONDE, E' COSCIENTE MA E' INTRAPPOLATO NELL'ABITACOLO !
PRESTO !
... FAI MANDARE UN'AMBULANZA !!!
DISPIACE DI PIU' A ME, PER LE FERITE CHE TI SEI PROCURATO!

FRATTURE ALLA GAMBA SINISTRA E AL PIEDE DESTRO, MA GLI RIMANE PIU' CHE ALTRO IL RAMMARICO DI NON AVER POTUTO REGALARE A ENZO OSELLA LA PRIMA VITTORIA ASSOLUTA DELLA SUA NUOVA CREATURA IN UNA SALITA DI CAMPIONATO ITALIANO...

BARIBBI PORTA LA SUA OSELLA "PA 9" VERSO BORNO SENZA ALCUNA DIFFICOLTA'. MA L'UMORE GIOCOFORZA NON E' DEI MIGLIORI. SIGLA UN DISCRETO 3'54"12 E PORTA A CASA LA VITTORIA ASSOLUTA DAVANTI A CASASOLA (3'59"08) E A "DOMINGO" (4'01"92) ENTRAMBI SU OSELLA. GIULIO REGOSA CHIEDE AI GIUDICI DI GARA DI POTER RIFARE LA PARTENZA, MA QUESTA POSSIBILITA' GLI VIENE NEGATA.

DOPO VENTIQUATTRO ANNI, E BEN VENTI EDIZIONI, IL "TROFEO VALLECAMONICA" SI AVVIA VERSO UN PICCOLO MA SIGNIFICATIVO CAMBIAMENTO: SULLA "PROVINCIALE N.5" IN TERRITORIO DI MALEGNO INFATTI SONO DA POCO INIZIATI I LAVORI PER UNA NUOVA VARIANTE, UN'AMPIA "ESSE" DI CIRCA DUECENTO METRI, CON UN DOPPIO TORNANTE "DESTRO-SINISTRO" CHE CONSENTIRA' AL TRAFFICO - SPECIALMENTE AI MEZZI PESANTI - DI EVITARE L'ORMAI OBSOLETO E STRETTO TRANSITO ALL'INTERNO DEL CENTRO STORICO DEL PAESE.

NASCE DA QUI L'IDEA DI SPOSTARE LA PARTENZA DELLA "MALEGNO-OSSIMO-BORNO": NON PIU' QUINDI DAL VECCHIO PIAZZALE DELLA SCUOLA MATERNA, MA DALL'INIZIO DELLA NUOVA VARIANTE, PROPRIO NEI PRESSI DEL MUNICIPIO. IL NUOVO TRACCIATO ALLUNGATO SARA' DI 8,800 CHILOMETRI. IL VECCHIO RECORD DI NESTI, QUEL 3'46"00 STABILITO NEL 1984, RESTERA' QUINDI NEGLI ANNALI DELL'AUTOMOBILISMO ITALIANO. E DA QUI RIPARTIRA', NEL 1989, UN'ALTRA NUOVA LUNGA STORIA.

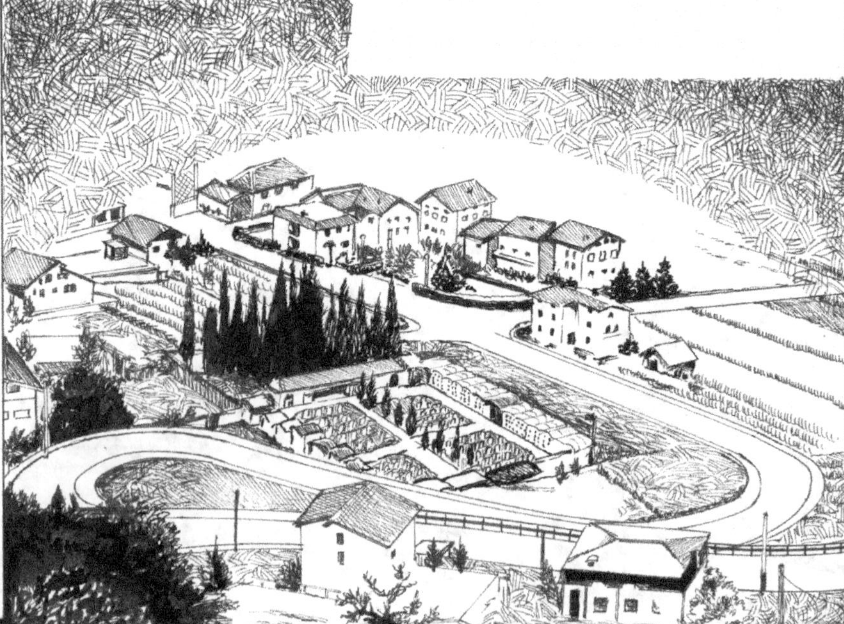

L'ALBUM DEI RICORDI...

ALTRI IMPORTANTI NOMI DI QUESTE PRIME VENTI EDIZIONI CI HANNO PURTROPPO LASCIATO DURANTE LA REALIZZAZIONE DI QUESTO LIBRO. ALLA LORO MEMORIA VA UNA PARTICOLARE DEDICA...

DOVEROSO RICORDARNE ALCUNI, A COMINCIARE DA *ADRIANO PARLAMENTO*. BIELLESE (ERA INFATTI DI PRALUNGO), HA SOLCATO PER OLTRE QUARANT'ANNI I TORNANTI DELLE SALITE DI TUTTA EUROPA CON LA SUA VECCHIA MA FEDELE "MARCH SPORT". PROPRIO QUI A MALEGNO HA PERSO LA VITA IN UN TRAGICO INCIDENTE NEL 2005, MENTRE RICOPRIVA IL RUOLO DI APRIPISTA A BORDO DI UNA VETTURA DI FORMULA 3.

GIULIANO COMENSOLI, UNA VITA PASSATA TRA I MOTORI, PRIMA CON LE AUTO DA CORSA E POI CON GLI ELICOTTERI...

ANGELO CAFFI, STORICO VINCITORE A BORNO SOTTO LA BUFERA NEL 1965 CON L'ALFA ROMEO GIULIA E, SUCCESSIVAMENTE, AUTORE DI ALTRI NOTEVOLI PIAZZAMENTI CON VETTURE "ABARTH" E "PORSCHE" PRIMA DI PASSARE IL TESTIMONE AL FIGLIO ALEX...

...SAMUELE VALERIO, ANCH'ESSO ABBONATO A VITTORIE E PIAZZAMENTI DI CLASSE E DI GRUPPO, LASCIA L'AUTOMOBILISMO ANCORA GIOVANISSIMO DOPO AVER CONSEGUITO LA LAUREA IN MEDICINA. DIVENUTO UN RINOMATO SPECIALISTA ODONTOIATRA, E' SCOMPARSO A SOLI 62 ANNI.

TRA I GIA' CITATI IN QUESTA STORIA RICORDIAMO ANCHE *GIUSEPPE CATTANE*, ALTRO POPOLARISSIMO E SIMPATICO BENIAMINO DEGLI APPASSIONATI DI MOTORI IN SALITA MA ANCHE DEI RALLIES. DAI TORNANTI DELLA VALCAMONICA E' PASSATO TALVOLTA ANCHE *PIPPO NARDARI* (IL CUI FIGLIO, CONOSCIUTO CON LO PSEUDONIMO DI "SUSY", SEGUIRA' ANNI DOPO LE SUE ORME FINO A DIVENTARE CAMPIONE ITALIANO)...

PIETRO DE GIACOMI ERA INVECE UNO DEI PILOTI DELLA "NUOVA GUARDIA", AFFACCIATOSI SULLA SCENA CON SUCCESSO NEI PRIMI ANNI 80 SOPRATTUTTO NEI RALLIES.
146
LUIGO PEDRINI
GEST. PUBBL. RACING
AUTOTRE

ALTRI NOMI ILLUSTRI DEL PASSATO COME ALCESTE BODINI, ORIGINARIO DI CREMONA MA DI CASA A BRESCIA, QUI NELL'EDIZIONE 1969 ALLA GUIDA DI UNA "TECNO F.850"...
...E TONINO ASCARI, IL FIGLIO DEL GRANDE ALBERTO (DUE VOLTE CAMPIONE DEL MONDO DI FORMULA 1) CHE PER ANNI HA CORSO IN FORMULA 3.
69

KLAUS TRETTL, ALTOATESINO DI APPIANO, AI PIEDI DELLA MENDOLA, HA CORSO PER VARI ANNI SIA CON VETTURE TURISMO (VOLKSWAGEN GOLF) SIA CON I PROTOTIPI ED E' STATO PIU' VOLTE CAMPIONE DEL TRIVENETO DI VELOCITA'.
STEFANO BETTONI ERA INVECE UN BRESCIANO CON IL "PIEDE" PARTICOLARMENTE PESANTE.
ONNIPRESENTE NELLE CRONOSCALATE DEL NORD ITALIA NEGLI ANNI 70-80, HA CONSEGUITO BRILLANTI RISULTATI AGLI ESORDI CON LA "PORSCHE" GRUPPO 4 PER POI PASSARE AI PROTOTIPI CON I QUALI SI E' SEMPRE DISTINTO CLASSIFICANDOSI NEI PRIMI POSTI..

ERA ANCORA GIOVANE E ATTIVO *GIANMARIO MAZZOLI*, CONOSCIUTO TRA GLI AMICI COME "BACETTO". MEMORABILI LE SUE PRESTAZIONI NELLE SALITE CAMUNE E BRESCIANE, MA ANCHE LE SUE INNUMEREVOLI VITTORIE NEI RALLIES, DOVE IN COPPIA CON L'AMICO NAVIGATORE GIACOMO MORANDINI DAVA DEL FILO DA TORCERE ANCHE AD AVVERSARI BEN PIU' BLASONATI NELL'AMBIENTE.

DELIA DE FLORIAN NOTA BOLZANINA DI SAN CANDIDO. AMAVA CORRERE CON UNA "A112" SEGUENDO IL FRATELLO UMBERTO E LA NIPOTE NADIA, PILOTI A LORO VOLTA...

GIANCARLO RONCHI SOPRANNOMINATO "NONNOJET". IN QUARANT'ANNI HA CORSO IN OGNI CATEGORIA GUIDANDO VETTURE DI OGNI TIPO, DALLA "FIAT 500" AD ALTRE SPORTIVE "LANCIA FULVIA HF", "LANCIA BETA", "FIAT RITMO" POI ANCHE "BMW", "ALPINE", FINO AI PROTOTIPI CON CUI HA CORSO NEGLI ULTIMI ANNI.

ULTIMO, MA NON MENO IMPORTANTE, *LUIGI BORMOLINI* DA LIVIGNO. PILOTA PER TRE GENERAZIONI E ATTIVO FINO ALL'ULTIMO, ANCORA VELOCE E COMPETITIVO, NEGLI ULTIMI ANNI SI CIMENTAVA NELLE AUTO STORICHE DOVE ALLA GUIDA DELLA SUA VECCHIA "OSELLA BMW" DEGLI ANNI 80 AVEVA SPESSO LA MEGLIO SU AVVERSARI ANCHE PIU' GIOVANI DI LUI. SOLO NEL 2012 RIUSCI' A CORONARE IL SOGNO DI PRENDERE IL VIA ALLA "MALEGNO-OSSIMO-BORNO" INSIEME AL FIGLIO MAURO E AL NIPOTE ANDREA.

NON ERANO ALLO "START" COME PILOTI, MA PRIMA DI METTERE A QUESTA BELLA STORIA LA PAROLA "FINE" SONO COMUNQUE DA RICORDARE FIGURE IMPORTANTI COME *RAUL PATRIZI*, CHE PER ANNI E' STATO TRA GLI ORGANIZZATORI DI QUESTA GARA, E *ALFREDO BELPONER*, LO STORICO "PATRON" DELLA PRESTIGIOSA SCUDERIA "BRESCIA CORSE".

I FEDELISSIMI ALLA MALEGNO - BORNO

NEL VASTO PANORAMA DEI PILOTI CHE SI SONO AVVICENDATI ALLA "MALEGNO-OSSIMO-BORNO" CE NE SONO ALCUNI CHE SONO PRESENTI SIN DALLE PRIME EDIZIONI E CHE HANNO CONTINUATO A FARLO FINO QUASI AI GIORNI NOSTRI, SALTANDO POCHISSIMI APPUNTAMENTI.
NOMI RICORRENTI ANNO DOPO ANNO NEGLI ELENCHI DEGLI ISCRITTI, DIVENUTI NEL TEMPO FAMILIARI AL GRANDE PUBBLICO.
ANDIAMO A CONOSCERNE ALCUNI TRA I PIU' RAPPRESENTATIVI...

ECCO IL MILANESE *PAOLO CARLO BRAMBILLA*, PER OLTRE SESSANT'ANNI AL VIA DI GARE AUTOMOBILISTICHE.
PUO' VANTARE TRE PARTECIPAZIONI ALLA "1000 MIGLIA", NEL 1951, 1953 E 1956 OLTRE A ESSERSI CIMENTATO NELLE SALITE E NELLE GARE IN PISTA FINO A POCHI ANNI FA, QUANDO A 80 ANNI SUONATI HA ANNUNCIATO IL SUO RITIRO...

MARIO TACCHINI, BERGAMASCO, TUTTORA IN ATTIVITA' E CHE A MALEGNO CORRE PRATICAMENTE DA SEMPRE, CON LA STESSA PASSIONE CHE LO ANIMAVA GIA' DA RAGAZZO...

POI ANCORA: IL BRESCIANO *LUCIANO DAL BEN*, VERO "RECORDMAN" DI PRESENZE: HA PRESO PARTE A QUASI TUTTE LE EDIZIONI, LE ULTIME SPESSO AL VOLANTE DI SPLENDIDI ESEMPLARI DI FERRARI...

NELLO GNESATO DI DESENZANO DEL GARDA, PUR SENZA MAI VINCERE NULLA MERITA DI ESSERE RICORDATO PER AVER CALCATO CON ENTUSIASMO LE SCENE MOTORISTICHE PER OLTRE UN TRENTENNIO...

... E PER CONCLUDERE, UNA VERA LEGGENDA: IL PILOTA E COSTRUTTORE *BRUNO TAGLIANI*, CHE GIA' NEL PRIMO "TROFEO VALLECAMONICA" CORSE CON MONOPOSTO DI FORMULA DI SUA REALIZZAZIONE E CHE HA CONTINUATO L'ATTIVITA' AGONISTICA FINO ALLA BELLA ETA' DI NOVANT'ANNI!

APPENDICE

CLASSIFICA ASSOLUTA

				km/h
1°	"Noris"	Porsche 904 GTS 2000	5'05"4	101,375
2°	Oddone Sigala	Ferrari 3000	5'07"0	
3°	Luigi Malanca	Lotus	5'10"6	
4°	Ettore Rovida	Foglietti Ford	5'23"1	
5°	Andrea Tosi	Wainer Ford	5'23"4	
6°	Pierluigi Zanardelli	Ferrari 3000	5'36"4	
7°	Roberto Bertuzzi	Abarth1300	5'41"8	
8°	Tonino Ascari	Foglietti Ford	5'47"6	
9°	Federico Tassara	Porsche 1600	5'47"7	
10°	Gianfranco Rovetta	Lotus Ford Cortina	5'49"8	

Dai giornali dell'epoca...

L'avventura del *Trofeo Vallecamonica* inizia con uno spettacolare refuso da parte di un quotidiano locale che, nell'edizione del 22 agosto 1964, titola: «Interesse ed entusiasmo a Boario per i piloti della Malonno-Borno». Alquanto inverosimile, se fosse stata vera, la notizia riportata in questo titolo a cinque colonne, si sarebbe trattato di una cronoscalata decisamente epica in quanto lunga oltre 40 chilometri! Malonno, infatti, è un paese della alta Valcamonica, molto distante da Malegno, mentre quest'ultimo si trova in media Valcamonica.

Titola il «Giornale di Brescia» di lunedì 24 agosto: «Primo *Trofeo Vallecamonica*: 100 piloti tra 20.000 tifosi. Noris vincitore a Borno».

Sulle pagine del quotidiano il giornalista Manuel Vigliani, per anni testimone e poetico narratore della corsa, scrive: «...prendiamo questo affresco del *Trofeo Vallecamonica*, e guardiamolo nell'insieme. Una composizione riuscita a meraviglia. Più di cento piloti nel grande scenario alpestre, accolti con il cordiale abbraccio della brava gente valligiana, e un pubblico innumerevole – dir ventimila si getta una cifra, ma si pecca per difetto – cui la gara automobilistica ha dato modo di conoscere un angolo della Camonica meritevole di affetto e di stima, per la beltà del paesaggio e per la compostezza che vi regnano».

E Guido Frassa, con i toni tipici dei cinegiornali di allora, pone l'accento sul successo dell'evento: «Borno. Sulla scalinata antistante la parrocchiale, che faceva da proscenio, e con davanti una platea vasta e suggestiva rappresentata dalla piazza centrale, gremita di folla festosa e plaudente, alle ore 19 ha avuto luogo la premia-zione. Premiazione invero doviziosa sia per quantità che per il valore dei premi e che comprendeva: tre grandi trofei, 50 coppe d'argento e cinque medaglie d'oro, oltre a premi in denaro».

Dal settimanale «Auto Italiana» (n. 35/36 del 3 settembre): «*L'Automobile Club di Brescia* non ha voluto rassegnarsi quest'anno al vuoto lasciato dalla *Mille Miglia*, né ha inteso accontentarsi dei vaghi progetti di rilancio a proposito della classica manifestazione bresciana. Al posto della quale, nel calendario del 1964, il sodalizio automobilistico bresciano ha iscritto quattro gare di velocità, cioè il *Circuito del Garda*, la *Scalata al Colle di Sant'Eusebio*, il *Trofeo Vallecamonica* e il *Trofeo Lumezzane*. Tre di queste corse sono già state regolarmente disputate, ultima in ordine di tempo il *Trofeo Vallecamonica*, una corsa sin qui inedita e varata con successo domenica 23 agosto...».

Lo stesso periodico riporta anche un episodio di cronaca legato alla gara: «... due ore prima del via il concorrente Giordano Trazzi di Mantova, con una *Fiat 500 Turismo*, affrontando una curva andava a sbattere prima contro una parete di roccia, sulla destra della strada, e poi rimbalzava verso sinistra: per somma fortuna se la cavava con leggere escoriazioni».

CLASSIFICA ASSOLUTA

				km/h
1°	Angelo Caffi	A. R. Giulia Super TI	6'09"8	83,791
2°	G. Battista Guarneri	Abarth	6'10"7	
3°	"Poppa"	Abarth	6'14"5	
4°	G. Carlo Galimberti	Abarth	6'14"9	
5°	"Archimede"	Alfa Romeo	6'15"3	
6°	Edoardo Lualdi	Ferrari LM	6'18"5	
7°	Angelo Corio	Alfa Romeo	6'20"2	
8°	Giuliano Facetti	Alfa Romeo	6'24"0	
9°	Rosadele Facetti	Lancia Fulvia	6'26"4	
10°	Giancarlo Giordano	Ford	6'26"8	
11°	Edoardo Gatti	Abarth	6'27"6	
12°	Gianfranco Rovetta	Abarth	6'28"0	
13°	Oddone Sigala	Ferrari Le Mans	6'28"1	
14°	Nello Caffi	Lancia Flavia 1800	6'30"3	
15°	Ferruccio Zanardelli	Abarth	6'30"7	

Il «Giornale di Brescia» del 23 agosto 1965, titola: «Caffi (Giulia): prodezza nel diluvio. Al *Trofeo Vallecamonica* sconfitta dei grandi sul traguardo di Borno».

Scrive Vigliani: «Il diluvio ha rovinato la festa e frantumato il pronostico. La cosa più spiacevole è che l'attesa giornata del *Trofeo Vallecamonica*, che Borno aveva preparato così affettuosamente, con tenacia, scrupolo e gentilezza montanara, è stata guastata da ciò che il cielo ha rovesciato su queste verdissime praterie. Fino all'ultimo momento tutti hanno sperato che l'offensiva pluviale avesse una tregua, che la coltre delle nubi grevi si sollevasse di poco, concedesse al pubblico – che peraltro era incredibilmente fitto – di tirare il fiato, di girare il collo senza farsi scendere ruscelletti lungo la schiena. I più sfidavano la bufera all'aperto, altri erano alle finestre delle case e dei fienili, altri ancora stavano chiusi nelle automobili come pesci in acquario. La peggio, però, è toccata ai piloti che hanno dovuto affrontare la corsa con la nemica acqua che metteva tutto in dubbio: la tenuta di strada, l'efficacia delle frenate, la visibilità.»

Un commento sempre dal giornale: «... anche un fienile può diventare una meravigliosa tribuna coperta...».

«Auto Italiana», n. 34-35 del 2 settembre 1965: «La pioggia esalta le Turismo. [...] La corsa è stata clamorosamente vinta dal bresciano Angelo Caffi, della scuderia *Brescia Corse*, il quale, al volante di una *Giulia TI Super*, facendo autentiche prodezze, è salito da Malegno a Borno nel tempo di 6'09"8, alla media di km/h 83,791 [...] particolarmente acclamata è stata una giovane guidatrice, Rosadele Facetti, della scuderia *Mirabella Mille Miglia*, la quale, pilotando con maestria la sua *Fulvia 2C*, si è classificata al nono posto assoluto, sopravanzando piloti di maggior fama e macchine più potenti...».

CLASSIFICA ASSOLUTA

				km/h
1°	Mario Casoni	Ford GT40	4'41"0	110,178
2°	Edoardo Lualdi	Ferrari Dino	4'42"1	
3°	"Pam"	Ferrari Dino	4'43"2	
4°	Angelo Caffi	Abarth 2000	5'01"0	
5°	Luigi Malanca	Brabham	5'11"4	
6°	Fiorenzo Genta	Abarth 1300	5'11"5	
7°	Giancarlo Sala	Alfa Romeo GTI	5'13"6	
8°	Domenico Lo Coco	Fiat Abarth	5'15"4	
9°	Giovanni Madonnini	Aguzzoli	5'18"7	
10°	Gianni Varese	Fiat Abarth	5'19"0	
11°	Arduino Becchetti	Abarth 1300	5'22"3	
12°	Alessandro Moncini	Giulia GTA	5'22"9	
13°	Giancarlo Sala	Mini Morris	5'30"0	
14°	Federico Tassara	Abarth 1300	5'30"1	
15°	Marcello Minerbi	Fiat Biraghi	5'30"7	

Dai giornali dell'epoca...

«Giornale di Brescia», venerdì 19 agosto: «Atmosfera sportiva a Boario Terme: alla vigilia della competizione automobilistica di Borno, l'anno "boom" dell'ospitalità».

Lo stesso giornale più avanti: «Il III *Trofeo Vallecamonica*, la corsa automobilistica in salita che verrà disputata domenica pomeriggio sul percorso Malegno-Ossimo-Borno, ha fatto registrare un primato: quello delle iscrizioni, che hanno superato il numero di 200».

Di sabato 20 agosto, invece, una triste notizia di cronaca che riguarda molto da vicino la gara, che purtroppo non vedrà al via uno dei concorrenti iscritti: «Automobilista perde la vita mentre prova per la corsa di Borno». Accade infatti che un giovane trentenne di Palazzolo (Bs), Giuliano Cassotti, intenzionato a prendere parte alla competizione, inizia ad allenarsi con la sua monoposto *Formula Ford* e lo fa nelle vicinanze di casa, su un nuovo tratto di strada in salita che conduce da Grumello del Monte (Bg) fin oltre San Pantaleone. Ma dopo poco più di un chilometro, lo scoppio di un pneumatico posteriore mette fine ai suoi sogni e alla sua vita, rovesciando la vettura priva di controllo addosso ad alcuni massi in un terrapieno al bordo della strada.

«Giornale di Brescia» di lunedì 22 agosto: «Casoni (*Ford - Brescia Corse*) vince a Borno battendo di misura Lualdi e Pam (*Dino*). [...] Borno chiude, e bene. Il colossale pic-nic dei motori è stato risparmiato dalla mortificante offesa della pioggia. Tutti raggianti, quindi, a cominciare da Castagneto che ha un debole per Borno, e a Borno è sempre affettuosamente attorniato. [...] Nella sala del cinema *Pineta* di Borno, circa due ore dopo la conclusione della spettacolare e avvincente manifestazione camuna, si è svolta la cerimonia delle premiazioni con una platea gremita fino all'inverosimile».

«Auto Italiana» n. 34-35 del 1 settembre: «3° *Trofeo Valle Camonica*. Casoni primato. [...] Il Terzo *Trofeo Valle Camonica*, seconda prova del *Trofeo Angelo Maifredi*, svoltosi davanti a cinquantamila spettatori, ha vissuto il suo episodio più avvincente nella lotta allo spasimo tra Casoni, Lualdi e Pam».

CLASSIFICA ASSOLUTA

				km/h
1°	"Pam"	Ferrari Dino	4'52"3	105,918
2°	"Noris"	Porsche C6	4'53"5	
3°	Angelo Caffi	Abarth	4'59"5	
4°	Giancarlo Sala	Alfa Romeo TZ	5'17"5	
5°	Lino Caprioli	Abarth	5'19"1	
6°	Ennio Bonomelli	Porsche	5'20"6	
7°	Domenico Lo Coco	Abarth	5'24"2	
8°	Arduino Becchetti	Abarth	5'27"6	
9°	"Trudis"	Lancia HF	5'30"5	
10°	Giuliano Facetti	Lancia	5'31"7	
11°	Gianfranco Rovetta	Alfa Romeo Giulia GTA	5'35"0	
12°	Tomaso Brescianini	Abarth 2000 Sport	5'35"3	
13°	Romano Ramorino	Abarth	5'36"6	
14°	Federico Tassara	Abarth Sport	5'38"3	
15°	Giancarlo Sala	Cooper S.	5'38"5	

Dai giornali dell'epoca...

«Giornale di Brescia» di domenica 20 agosto: «Borno è l'odierna capitale dell'automobilismo bresciano. La corsa di Borno ha risvegliato o alimentato oppure suscitato, in alcuni giovani di casa nostra particolarmente, la passione dell'automobilismo agonistico. Sette sono complessivamente i concorrenti camuni che si presenteranno al palo di partenza del *IV Trofeo Valcamonica*, due in più dello scorso anno. Rivedremo i due "veterani" della competizione: si tratta di Federico Tassara di Breno, figlio dell'indimenticabile Filippo Tassara a cui è dedicata la corsa, e di Giuliano Comensoli, nativo di Bienno ma residente a Borno. Alla loro seconda partecipazione sono invece il Cav. Uff. Severino Ronchi di Breno e Ugo Locatelli, che i bornesi considerano cittadino, anche se risiede a Milano. Severino Ronchi, titolare della *Autoscuola e Scuola Nautica di Vallecamonica*, è reduce dalla gara del Colle Sant'Eusebio, con un buon piazzamento. Della corsa Malegno-Borno Ronchi è un generoso sostenitore e offerente di uno dei trofei di maggior valore. Le "matricole" della gara sono tre: Giovanni Tottoli di Prestine, Rodolfo Bertolini di Ceto e Gianni Sagrini di Darfo."

«Giornale di Brescia» di lunedì 21 agosto: «Pam (*Scuderia Mirabella-MM*) vince sul traguardo di Borno. [...] Duecento piloti in gara per il quarto *Trofeo Valle Camonica*. Ai posti d'onore Noris e Angelo Caffi. Il record di Casoni imbattuto. I piloti bresciani si sono affermati in varie classi. Successo di folla nonostante il maltempo».

Scrive Manuel Vigliani: «Un grosso dispetto meteorologico ha minacciato di guastare la festa del quarto *Trofeo Vallecamonica*. Si erano chiuse le finestre su una notte piena di luna e di promesse e ci si è svegliati all'alba tra gli scossoni di un temporale che è andato avanti a rovesciare pioggia fino a pochi minuti prima del via. Poi è avvenuta una resipiscenza estrema, e alle 14 esatte, quando a Malegno il direttore di corsa Renzo Castagneto ha ordinato il primo start, il cielo stava su, e tutti quanti – a cominciare dai piloti – hanno tirato un sospirone di sollievo. Per qualche momento nella valle sono passate bave di nebbia che tuttavia non hanno rallentato l'impeto dei piloti delle vetture di formula, le prime ad affrontare la salita».

	CLASSIFICA ASSOLUTA			km/h
1°	Mario Regis	A. R. Giulia GTA	5'09"4	100,064
2°	Gianfranco Rovetta	A. R. Giulia GTA	5'13"0	
3°	Fiorenzo Genta	Lancia Fulvia HF	5'17"1	
4°	Eugenio Foschetti	Lancia Fulvia Coupé	5'17"8	
4°	Gianfilippo Del Bono	A. R. Giulia GT	5'19"2	
5°	Enrico Pasolini	Abarth 1000	5'26"4	
6°	Franco Morelli	Lancia Fulvia HF	5'27"0	
8°	Giambattista Lissidini	Lancia Fulvia HF	5'27"4	
9°	"Nosch"	Lancia Fulvia HF	5'28"0	
10°	Giorgio Baggio	Mini Cooper	5'29"0	
11°	"Effe Gi"	Lancia Fulvia HF	5'29"7	
12°	Ferruccio Zanardelli	Abarth 1000	5'31"0	
13°	Frisori	Renault Gordini	5'31"8	
14°	"Rasolincov"	Lancia Fulvia HF	5'32"1	
15°	"Bay"	A. R. Giulia GTA	5'33"9	

Dai giornali dell'epoca...

«Giornale di Brescia», domenica 25 agosto: «Il pronostico indica Noris e Caffi per la conquista del *Trofeo Tassara*. [...] Il capitolo camuno, quanto invece al *Trofeo Maifredi*, avrà tre soli protagonisti: Sala, Agessar e Rovetta. L'organizzazione e i servizi d'emergenza lungo il percorso meritano una citazione».

«Giornale di Brescia», lunedì 26 agosto: «Mario Regis vince il *Trofeo Vallecamonica*. Gianfranco Rovetta primo dei bresciani. Trecento piloti protagonisti di una corsa che ha sconvolto il pronostico. [...] Una corsa drammatica e imprevedibile, parzialmente avversata dal maltempo. Troppi concorrenti. Il vincitore è un dilettante torinese che con la sua *Giulia GTA* ha battuto bolidi e prototipi. E così questo Regis è il quinto nome nuovo del *Trofeo Valcamonica* che ogni anno ha avuto un vincitore diverso».

«Autosprint», n. 35 del 2 settembre: «Un matusa per la GTA. [...] La (interminabile) Malegno-Borno vinta da Regis ma funestata da una tragedia in prova». Scrive Annibale Cecconi: «In mattinata, una tragica carambola, che ha coinvolto ben quattro macchine di concorrenti in prova a traffico aperto, ha stroncato la vita di un giovane pilota, Giancarlo Bestini, ventitré anni, studente di ingegneria a Padova. La polizia della strada non ha ancora riferito il risultato dei suoi rilievi, ma le testimonianze degli altri piloti coinvolti e di chi è sopraggiunto subito dopo sul luogo dell'incidente, sembrano concordi nello stabilire che a traffico aperto il giovane pilota padovano ha infilato in salita una curva cieca completamente fuorimano, come in gara. Il cozzo frontale della sua vecchia *Fiat Abarth 850 TC* con la *Fiat 124 Spider* di Igor – il quale stava scendendo nel rispetto della legge, ed è ora all'ospedale – è stato disastroso. Un'altra *Fiat Abarth 850* e una *Fulvia Coupé* sono poi piombate ad aumentare il groviglio. [...] Nel corso di più di cinque interminabili ore di gara, che dalle 14,30 hanno tenuto impegnati piloti (ben 330, *n.d.a.*) e spettatori fin quasi alle 20, quando il sole era già scomparso oltre le cime dei monti, è apparso il valore di qualche promessa e abbiamo visto anche la conferma di vecchie conoscenze. Così per Antonio Trenti, estemporaneamente alla guida di una *Fulvia Coupé* del Gruppo 1, vincendo la propria classe davanti al promettente e spericolato Domenico Ogna».

CLASSIFICA ASSOLUTA

				km/h
1°	Franco Pilone	Abarth 2000	4'42"3	109,670
2°	Antonio Pelizzoni	Porsche Carrera 6	4'46"1	
3°	"Matich"	Abarth 2000	4'46"2	
4°	Ennio Bonomelli	Porsche Carrera 6	4'47"6	
5°	"Noris"	Porsche Carrera 6	4'55"3	
6°	Eris Tondelli	Abarth 2000	4'58"2	
7°	Dino Marniga	AMS 1000	5'00"8	
8°	Ugo Locatelli	Abarth 1000	5'01"7	
9°	Federico Tassara	Lola F3	5'14"2	
10°	Franco Tironi	Tony Kart	5'15"1	
11°	Ramanzini	Tony	5'19"7	
12°	Alceste Bodini	Tecno	5'19"8	
13°	Cinotti	Bellasi	5'20"0	
14°	Rosadele Facetti	Lancia Fulvia	5'21"1	
15°	Roselli	Olga	5'21"9	

Dai giornali dell'epoca...

«Giornale di Brescia», domenica 24 agosto: «Pronostico per "Noris" nel *Trofeo Valcamonica*. [...] Nelle prove di ieri il pilota della *Brescia Corse* ha abbassato di oltre dieci secondi il vecchio record di Casoni. Ottimi anche i tempi di Pilone, Matich, Tondelli e Gibi».

«Giornale di Brescia», lunedì 25 agosto: «A Pilone il 6° *Trofeo Valcamonica*. Imbattuto per un soffio il record di Casoni nella Malegno-Borno. [...] La prodezza del pilota di *Brescia Corse* e dei suoi avversari su un percorso insidiato dalla pioggia. La sfida della folla all'offensiva del maltempo. Ennio Bonomelli primo assoluto dei bresciani. Protagonisti di casa nostra: Erbert, Gianfranco Rovetta, Pooky, Baracchini, Agessar, Festa, Marniga, Tassara e Tironi primi di classe».

«Autosprint», n. 33-34 del 1 settembre: «Rosadele senza sole. Crollata una speranza nella Malegno-Borno quando ha finito di piovere: 1° Pilone. [...] Una corsa imprevedibile, falsata dalla pioggia sul piano tecnico, ma validissima dal punto di vista agonistico: questo il succo della sesta edizione del *Trofeo della Valle Camonica*. Pilone ha vinto senza regalare niente a nessuno, dominando con perizia la potenza della sua *Abarth 2000* [...]ma gli eroi della giornata sono altri tre piloti: Pelizzoni, "Matich" e Rosadele Facetti. Possiamo dire che hanno compiuto vere prodezze. La Facetti (*Fulvia HF 1300* preparata da quel mago che è il papà) approfittando di una parziale tregua del maltempo, ha compiuto la salita in 5'21"1 pari a 96, 419 kmh, che è rimasto per circa due ore il tempo da battere. La speranza di un clamoroso primato assoluto ha sorretto nella fase finale tutto il clan di Rosadele. Ma è bastato che spuntasse il sole, proprio alla partenza dei bolidi della classe sport, che il sogno dell'ottima milanese sfumasse. Il "giovane arrabbiato" Toni Pelizzoni, un pilota senza complessi, al volante di una *Porsche Carrera 906*, si è piazzato al secondo posto assoluto e primo della classe sport. Matich, infine, ancora non completamente affiatato con la sua *Abarth*, sorretto dalla sua classe, ha compiuto la salita in appena un decimo di secondo in più di Pelizzoni: meno d'un soffio, dunque, e si è piazzato al terzo posto assoluto».

«Auto Italiana», n. 35-36 del 4 settembre: «1° Pilone senza primato. [...] Numero dei partenti: iscritti 160. Partiti: 150. Classificati: 141. Ritirati: 9».

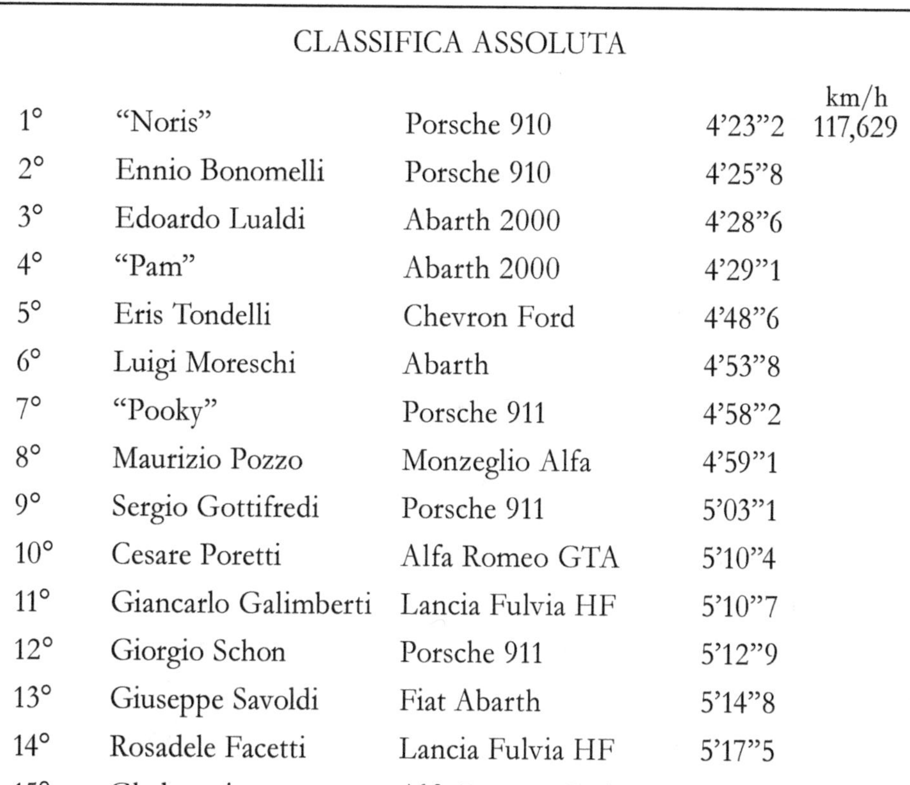

	CLASSIFICA ASSOLUTA			km/h
1°	"Noris"	Porsche 910	4'23"2	117,629
2°	Ennio Bonomelli	Porsche 910	4'25"8	
3°	Edoardo Lualdi	Abarth 2000	4'28"6	
4°	"Pam"	Abarth 2000	4'29"1	
5°	Eris Tondelli	Chevron Ford	4'48"6	
6°	Luigi Moreschi	Abarth	4'53"8	
7°	"Pooky"	Porsche 911	4'58"2	
8°	Maurizio Pozzo	Monzeglio Alfa	4'59"1	
9°	Sergio Gottifredi	Porsche 911	5'03"1	
10°	Cesare Poretti	Alfa Romeo GTA	5'10"4	
11°	Giancarlo Galimberti	Lancia Fulvia HF	5'10"7	
12°	Giorgio Schon	Porsche 911	5'12"9	
13°	Giuseppe Savoldi	Fiat Abarth	5'14"8	
14°	Rosadele Facetti	Lancia Fulvia HF	5'17"5	
15°	Ghelmetti	Alfa Romeo GTA	5'19"2	

Dai giornali dell'epoca...

«Giornale di Brescia», domenica 23 agosto: «A Borno rombo di motori. Il saluto degli sportivi a Renzo Castagneto». Sullo stesso giornale, Bonomo Baisotti, uno degli organizzatori, afferma: «Un solo rammarico offusca l'atmosfera di entusiasmo della nostra competizione, ed è l'assenza di Renzo Castagneto, che è stato sì l'uomo delle *Mille Miglia* ma che è anche l'artefice della gara di Borno perché è stato lui a incoraggiarci, a consigliarci, a stimolarci. Noi vorremmo qui ringraziarlo pubblicamente, ma non è possibile. La corsa rimane comunque la "sua" festa e sono lieto che il giornale mi dia l'occasione di inviargli un saluto a nome di tutta la nostra comunità».

«Giornale di Brescia», lunedì 24 agosto: «Noris (*Brescia Corse*) vince a Borno. Nel 7° *Trofeo Vallecamonica* il successo di un pilota che ha festeggiato 20 anni di attività agonistica. [...] In un finale entusiasmante battuti Bonomelli, Lualdi e Pam. Le *Porsche* hanno prevalso sulle *Abarth*. Inizio nella pioggia e conclusione con il sole. Un'organizzazione impeccabile. La corsa dal prossimo anno avrà partecipazione a livello internazionale? [...] Noris non è un giovinetto, si chiama Giacomo Moioli, è della classe 1922, nativo di Darfo e poi commerciante a Verona. Ha moglie e figli adulti e sposati, e proprio oggi, dall'alto dei suoi 48 anni, festeggia con questa vittoria che commuove la sua passione che non si estingue e il suo ventennio di corridore: ricorda che la carriera ebbe inizio il lontano 23 agosto 1950, e la coincidenza è davvero eccezionale. Bravo Noris, la folla, cioè una marea di gente che allaga il grande viale di Borno, si fa stretta attorno al veterano pilota e lo acclama. Le glorie dello sport bruciano un incenso effimero, ma carico di emozione e di umanità».

«Autosprint», n. 33-34 del 31 agosto: «In 189 si arrendono al "nonno" Noris. A tempo di record la Malegno-Borno. Fra i battuti dallo scatenato veronese, anche Pam con la sua *Abarth 2 litri sport*. [...] Ha vinto "nonno" Noris con il piglio garibaldino di colui che non intende assolutamente piegarsi ai capricci sconcertanti della sfortuna altrui. Uno di quei prepotenti "a solo" che sono l'espressione di ottime doti e di un'assidua e avveduta valutazione di un bolide che risponde al nome di *Porsche 910-2400*. Potenza, grinta e classe sono stati il presupposto di uno sprazzo durato 4'23"2, che ha avuto le caratteristiche determinanti di un folgorante ko».

CLASSIFICA ASSOLUTA

				km/h
1°	"Pam"	Ferrari 512M	4'09"3	124,187
2°	Ennio Bonomelli	Porsche	4'20"0	
3°	Luigi Moreschi	AMS 2000	4'23"8	
4°	"Noris"	Porsche Mk2	4'25"2	
5°	Ugo Locatelli	Abarth 2000	4'30"6	
6°	"Achille"	AMS 1300	4'46"1	
7°	Giorgio Schon	Porsche 911	4'49"2	
8°	"Enzo"	Porsche 911	4'50"0	
9°	Franco Berruto	Porsche	4'54"0	
10°	Roberto Manzoni	Tecno Ford	4'56"3	
11°	Ruggeri	Branca	4'57"0	
12°	"Effecì"	Alpine Renault 1600	4'57"2	
13°	Renato Giono	Alfa Romeo GTA	4'57"3	
14°	Pippo Nardari	AMS1300	4'58"0	
15°	Giuseppe Savoldi	Abarth	4'59"1	

Dai giornali dell'epoca...

«Giornale di Brescia», venerdì 20 agosto: «Colpo grosso alla gara di Borno: tra i partenti c'è anche Ortner. Un avversario temibile per Pam, Bonomelli e Noris. Il leader del *Campionato Europeo della Montagna* sarà al via con un'*Abarth 3000* ufficiale: ieri era già in sopralluogo sul percorso. Un record: almeno 250 partenti».

Nello stesso giornale Bonomo Baisotti, ricordando Renzo Castagneto, scomparso a Sanremo il 16 febbraio 1971, dichiara: «Non possiamo abbassare la bandierina del "via" di questa nostra competizione senza rivolgere un memore pensiero a colui che la volle e la sostenne: Renzo Castagneto. Al suo ricordo la popolazione di Borno rimane fedele riconoscendo in lui lo sportivo che ha dato un aiuto tangibile al paese, che l'ha amato e ha procurato di farlo conoscere sempre di più. La nostra gara è un po' dedicata al *patron* Renzo Castagneto, cofondatore della *Mille Miglia*».

«Giornale di Brescia», lunedì 23 agosto: «Pam frantuma il primato di Noris e trionfa con la *Ferrari 512* a Borno. Eccezionale la media del pilota lumezzanese: oltre 124 km orari. Bonomelli (*Porsche 3000*) e Moreschi (*AMS 2000*) ai posti d'onore. Ortner, leader europeo delle corse in montagna, attardato da un'uscita di strada senza gravi conseguenze. I vincitori di classe: Manzoni, Calò, El Paso, Piscina, Ricci, Caio, Bonvicini, Soldi, Zarpellon, Regis, Pettiti, Cattaneo, Galmozzi, Amighini, Valerio, Buffoni, Callegari, Lavazza, Vicari, Mercadante, Pocker, Ronchi, Effecì, Schon, Rassega, Savoldi, Locatelli, Achille, Moreschi, Noris e naturalmente Pam. L'anno prossimo la competizione avrà carattere nazionale? [...] Quattro ore avvincenti. Partenze più serrate. Migliaia di spettatori lungo il percorso. Un "picnic" di dimensioni mai viste».

«Autosprint», n. 33-34 del 30 agosto: «Pam, Pam, Pam! *Valcamonica*, per la terza volta in 15 giorni vince un pilota della *Brescia-Corse*. [...] Per la terza volta consecutiva la *Scuderia Brescia Corse* è riuscita nello spazio di quindici giorni a issare sul più alto pennone il suo vessillo bianco bleu. Domenica 8 al Terminillo con Pilone; il giorno di ferragosto a Popoli con Facetti ed oggi a Borno con Pam, al secolo Marsilio Pasotti, il quale ha fatto suo per la seconda volta il *Trofeo Valle Camonica* confermandosi pilota di grandissima classe. E oggi, grazie allo stile e alla bravura del guidatore della *Ferrari 512-S*, la corsa di Borno è stata una delle più veloci d'Italia, essendo stata portata la sua media oraria al favoloso primato di 124,187 chilometri orari».

	CLASSIFICA ASSOLUTA			km/h
1°	"Pam"	Abarth 2000	4'13"3	122,226
2°	Giorgio Pianta	Lola T212	4'21"7	
3°	Luigi Moreschi	AMS 2000	4'22"3	
4°	Luciano Rassega	Chevron	4'22"7	
5°	Dino Marniga	AMS	4'26"5	
6°	Giuseppe Savoldi	Abarth 1600	4'33"7	
7°	Ugo Locatelli	De Tomaso Pantera	4'43"7	
8°	Gabriele Gottifredi	Porsche 911	4'47"4	
9°	Pietro Monticone	Porsche 914	4'51"5	
10°	Pietro Bonfanti	Alfa Romeo GTA	4'52"4	
11°	Stefano Bettoni	Porsche	4'55"0	
12°	Ettore Rovida	Porsche	4'56"2	
13°	"Manuel"	Porsche	4'56"7	
14°	Faraoni	Lola T212	4'56"9	
15°	"Alval"	Ford Escort	5'01"8	

Dai giornali dell'epoca...

«Giornale di Brescia», sabato 26 agosto: «Da Malegno a Borno contro il record di Pam. [...] Oltre 170 i concorrenti sugli 8 chilometri dell'impegnativo percorso. Quest'anno manca al via la *Ferrari 512* del primato: si correrà quindi all'insegna di un maggiore equilibrio».

«Giornale di Brescia», domenica 27 agosto: «Noris si schianta a 200 all'ora. Le prove di ieri funestate da un grave incidente. Giacomo Moioli è finito fuori strada con la *Porsche 3000* lanciatissima al termine di un rettilineo. Raccolto in fin di vita è deceduto all'ospedale di Breno. La rottura di un giunto sarebbe all'origine della tragedia. Viva impressione e profondo cordoglio tra i concorrenti. La salma vegliata dai piloti della *Scuderia Brescia Corse* per la quale lo scomparso da tempo gareggiava. Oggi (ore 13.30) il via al 9° *Trofeo Vallecamonica*».

«Giornale di Brescia», lunedì 28 agosto: «Pam per la terza volta. Il pilota di *Brescia Corse* non è riuscito a battere con la sua *Abarth 2000* il record della corsa, da lui stesso stabilito lo scorso anno. Al secondo e terzo posto Pianta (*Lola T212*) e Moreschi (*AMS*). Il Comune di Borno ha donato alla scuderia di Noris il trofeo in memoria di Renzo Castagneto. [...] Una folla di cinquantamila spettatori alla IX edizione del *Trofeo Vallecamonica*. [...] Cosparso di fiori il luogo del tragico volo di Noris. Borno ha reagito con composto dolore alla ferale notizia. I 35 piloti di *Brescia Corse* sono scesi in campo con il lutto al braccio: la partecipazione decisa per onorare degnamente la memoria di Giacomo Moioli. La disperazione della vedova, signora Elide. Ancora inspiegabili le cause dell'incidente. [...] La tecnica degli spettatori evolve coi tempi e ora si nota anche da noi quello che è frequente vedere durante le manifestazioni sportive in altri Paesi europei, e cioè il pubblico sistemato in tende e roulotte con radio e televisori portatili. Così è stato possibile anche agli itineranti del trofeo Valcamonica tenere oggi un occhio alla strada per le macchine da corsa e un altro al video per le Olimpiadi di Monaco. [...] Giacomo Ghidini (direttore *ACI Brescia*): "Sono dibattuto tra il desiderio di festeggiare tutti i piloti e la commozione nel ricordarne uno"».

«Autosprint», n. 35 del 4 settembre: «Noris qualche curva prima... [...] Per duecento metri ha tentato invano di correggere la traiettoria della *Porsche*. Pam: successo amaro».

CLASSIFICA ASSOLUTA

				km/h
1°	"Pam"	Alfa Romeo 33TT	4'42"09	109,364
2°	Piero Monticone	Chevron	4'56"01	
3°	"Gianfranco"	Abarth Osella	5'04"77	
4°	Guido Fossati	Porsche Carrera	5'06"42	
5°	Achille Marzi	Chevron	5'10"11	
6°	Luigi Pozzo	Fiat 128 Coupé	5'16"47	
7°	Willy Lovato	Lola	5'18"85	
8°	Erasmo Bologna	Lancia Fulvia	5'19"38	
9°	Carlo Rebai	Porsche	5'22"01	
10°	Giuseppe Savoldi	Abarth Osella	5'23"23	
11°	Giuseppe Tambone	Porsche	5'24"50	
12°	Ugo Gatta	Porsche	5'25"90	
13°	Rosadele Facetti	Lancia Fulvia HF	5'26"44	
14°	Giuseppe Cattane	Alfa Romeo GTA	5'27"09	
15°	Achille Soria	Abarth	5'28"22	

Dai giornali dell'epoca...

«Giornale di Brescia», sabato 25 agosto: «Trecento iscritti alla Malegno-Borno».

«Giornale di Brescia», domenica 26 agosto: «Pauroso testa-coda di Pam con l'*Alfa 33* che fallisce il miglior tempo nelle prove. La salita più veloce è stata quella del marchigiano Gianfranco su *Abarth 2000*. Il forte pilota bresciano è in quarta posizione, ma oggi si rifarà». Sullo stesso Pam, parlando del suo bolide, dichiara: «La macchina non sta dritta però spero di farcela».

«Giornale di Brescia», lunedì 27 agosto: «Vittoria di Marsilio Pasotti (Pam) *Brescia Corse* alla media di 109,364 km/h con l'*Alfa Romeo 33TT*. Tutto sotto la pioggia il decimo *Trofeo Valcamonica*. Nonostante il maltempo tutti i concorrenti si sono battuti al limite delle possibilità tecniche e fisiche. Eccellente l'apparato organizzativo. [...] Pam ha vinto ancora: così è la quarta volta in dieci anni che ghermisce da dominatore il traguardo di Borno. È stata forse la vittoria più sofferta di tutta la sua carriera. È sbucato sull'ultima curva derapando sul bagnato con controllo e coraggio degni della sua classe. Pam ha tirato tutta la salita sul filo del rischio e della bravura, poiché doveva dominare una macchina come l'*Alfa 33* otto cilindri già bizzarra sull'asciutto (e lo si era visto durante le prove) e quindi ancor meno prevedibile sul bagnato. Pam si è comportato da sportivo di razza qual è: un'ora prima il presidente della scuderia *Brescia Corse*, Belponer, che era in tribuna d'arrivo, era stato interpellato da Malegno. Qualcuno dalla base di partenza gli chiedeva se stante la pioggia, Pam avesse dovuto partire o meno. Era la telefonata chiave di tutta la corsa. Belponer rispondeva a sua volta da sportivo: "Per conto mio può partire, però lascio decidere a lui". Così siamo rimasti fino all'ultimo, senza sapere se il pilota avesse scelto di battersi in condizioni così avverse lanciandosi con una macchina da 400 cavalli su un nastro pieno di insidie, oppure di rinunciare. Poi abbiamo saputo che stava montando le gomme da pioggia: lo sport vero non è fatto di *forfait* e Pam aveva deciso di partire rischiando tutto. La vittoria l'ha premiato».

«Autosprint», n. 35 del 3 settembre: «Pam Pam Pam Pam. Con quello sponsor che si ritrova (Armi Beretta, *n.d.a.*) il pilota bresciano non poteva che mitragliare vittorie a Borno: e 4! (grazie all'Alfa). [...] Con la gara coraggiosa disputata al volante della 33/3 sotto il bagnato, per la quarta volta in 10 anni Pam si è aggiudicato la salita di Borno. [...] Per Rosadele applausi scroscianti».

CLASSIFICA ASSOLUTA

				km/h
1°	Giovanni Boeris	Abarth Osella 2000	4'13"72	122,024
2°	Achille Marzi	Chevron B26	4'14"86	
3°	Luciano Lovato	Abarth 2000	4'22"79	
4°	Giuseppe Savoldi	Abarth Osella 1600	4'23"67	
5°	Paquale Anastasio	Chevron 1600	4'27"64	
6°	"Alval"	Abarth Osella 2000	4'27"93	
7°	Salvatore Pellegrino	Chevron 2000	4'31"76	
8°	Emilio Paleari	Lancia Stratos 3000	4'32"79	
9°	Giuseppe Ranzolin	Chevron 1300	4'36"66	
10°	"Tatog"	March Bmw 2000	4'37"21	
11°	"Roberto"	Lola 1600	4'41"29	
12°	"Tony"	Alpine Renault	4'41"73	
13°	"John-John"	Dallara 1300	4'42"26	
14°	"Ragastas"	Dallara 1000	4'44"08	
15°	Rebai	Abarth 1300	4'45"26	

Dai giornali dell'epoca...

«Giornale di Brescia», domenica 8 settembre: «Qui a Borno: oggi la corsa senza pronostico. Lotta aperta per l'assoluto. [...] Ieri nelle prove i tempi migliori sono stati ottenuti da Marzi, Boeris e dal bresciano Giuseppe Savoldi. Diciotto piloti sono saliti in meno di cinque minuti primi. Duecentotrenta macchine oggi al via. La prima partenza alle ore 13.30, ma il percorso sarà chiuso a mezzogiorno».

«Giornale di Brescia», lunedì 9 settembre: «Festa di motori a Borno: successo di Boeris a 122 di media. Migliaia di spettatori entusiasti, con folta schiera del gentil sesso, hanno seguito la vivacissima competizione, in un colossale, coloratissimo pic-nic. Marzi su *Chevron*, primo nelle prove, ha perduto la gara per un solo minuto secondo. Al bresciano Savoldi, che ha dominato fra i concittadini, la coppa del nostro giornale. Resiste il record di Pam. [...] L'*Abarth Osella 2000* di Boeris, 1° assoluto, ha confermato, sul non facile tracciato della cronoscalata, eccellenti qualità di tenuta e maneggevolezza. [...] Siamo alle battute finali: l'ombra delle abetaie si fa più lunga, alle camicette subentrano i pullover. Nella valle l'aria è stracciata dall'urlo dei prototipi. [...] La corsa si chiude in crescendo mentre Bini, infaticabile *speaker*, tiene sulla corda il gran pubblico contando alla rovescia i minuti secondi dei candidati al massimo alloro. Su Borno cala il sipario della stagione verde, mentre già, solerti come sono quassù, si preparano al secondo atto, quello della stagione bianca».

«Autosprint», n. 37 del 17 settembre: «Nella contestata Malegno-Borno, Boeris di 1 secondo. [...] C'è da notare che per una contestazione contro la politica sportiva dell'*Automobile Club di Brescia* erano assenti da questa gara gran parte dei piloti delle due scuderie bresciane, *Brescia Corse* e *Mirabella-Millemiglia*. I piloti bresciani che hanno ugualmente gareggiato nel *Trofeo Valcamonica* lo hanno fatto a titolo personale. Le due scuderie cittadine chiedono una più larga rappresentanza sportiva nel nuovo consiglio dell'*Automobile Club di Brescia*».

CLASSIFICA ASSOLUTA

Pos.	Pilota	Vettura	Tempo	km/h
1°	Mauro Nesti	Lola Bmw 2000	4'03"24	127,281
2°	Achille Marzi	Osella 2000	4'06"78	
3°	"Pam"	Osella 2000	4'08"74	
4°	Gabriele Ciuti	Osella 2000	4'09"22	
5°	Giancarlo Facetti	Lola 2000	4'10"45	
6°	Achille Soria	Osella 2000	4'16"34	
7°	Gianni Varese	Osella 1600	4'17"48	
8°	Giuseppe Ranzolin	Osella 2000	4'18"01	
9°	Giuseppe Savoldi	Osella 1600	4'21"37	
10°	Giuseppe Tambone	Porsche	4'27"73	
11°	Giovanni Paganucci	Osella 2000	4'30"61	
12°	Stefano Bettoni	Chevron	4'31"63	
13°	Arcadio Pezzali	Chevron 1600	4'32"19	
14°	Luciano Rassega	Lola T292	4'33"38	
15°	Bruno Rebai	Abarth 1300	4'35"91	

Dai giornali dell'epoca...

«Giornale di Brescia», domenica 14 settembre: "Una cronaca affascinante, da Castagneto a Noris. [...] Borno: Nesti polverizza il record di Pam. Il campione toscano è salito nelle prove del *Trofeo Valcamonica* a oltre 128 km orari di media. È il favorito di oggi».

«Giornale di Brescia», lunedì 15 settembre: «Borno: Mauro Nesti conquista vittoria e primato. Entusiasmante successo agonistico e spettacolare del dodicesimo *Trofeo Valcamonica*. [...] Il campione toscano ha confermato in corsa da Malegno a Borno lo smagliante *exploit* della vigi-

lia. Marzi al posto d'onore. Pam, ottimo terzo, è il primo dei bresciani. Successo complessivo della scuderia *Brescia Corse*. Tre le curve dove la competizione si è decisa. Grande cornice di pubblico. [...] Mauro Nesti, 39 anni, toscano di Pistoia, parlata tagliente, occhi vividi, capelli pepe e sale, passione da vendere, titolare di una piccola officina meccanica, ha vinto il 12° *Trofeo Valle Camonica*. Nel fiume di gente che, a corsa finita, rotti gli argini, dilagava tra Borno e Malegno corre questa sera il nome di un uomo che è riuscito a spodestare Pam issandosi con un colpo di stile e di coraggio sul trono del primato che il pilota bresciano deteneva dal 1971».

«Autosprint», n. 38 del 23 settembre: «Val Camonica, Nesti -6"16 di record. A Pam (*Osella*), per battere Nesti non è stato sufficiente superare il suo stesso preesistente record! [...] La 12° edizione del *Trofeo Valcamonica* si chiama Mauro Nesti. Con il nuovo "assoluto" che migliora di ben 6"16 il record della gara detenuto da Pam fin dal 1971 il portacolori della *Nord-Ovest* ha rinforzato (se ve ne fosse stato bisogno) il suo titolo di specialista della montagna. Il plotone (e per plotone intendiamo l'agglomerato dei piloti di maggior fama e di maggior pretese) è arrivato alle sue spalle con un ritardo che va dai 3"54 di Marzi, secondo assoluto, ai 14"77 dell'ottavo assoluto Ranzolin».

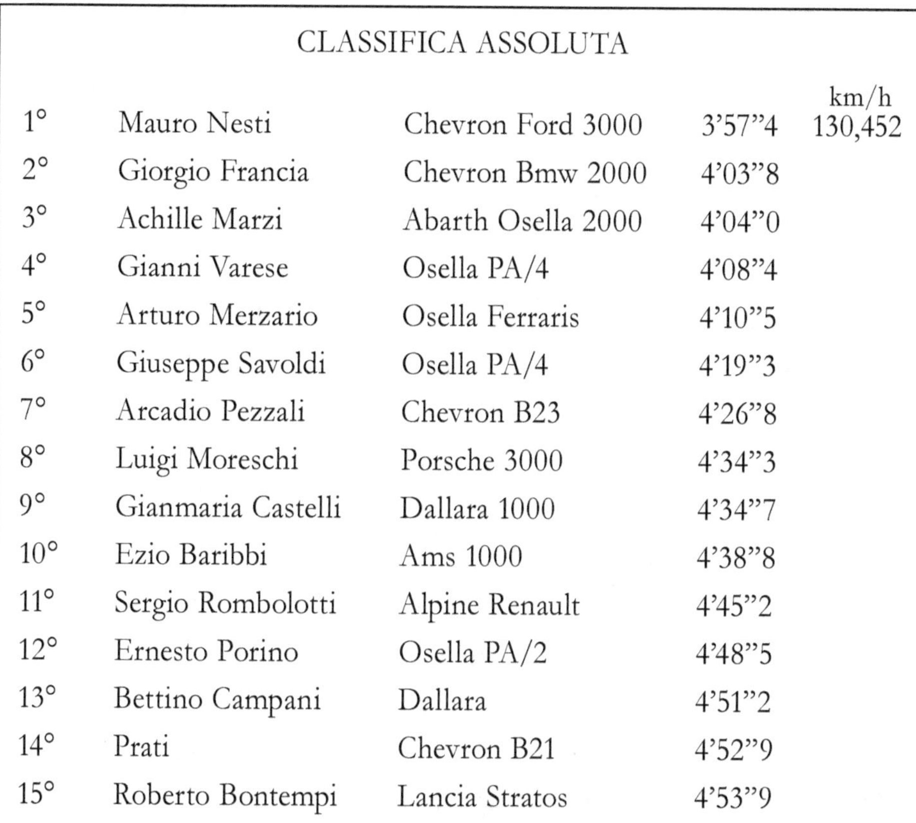

		CLASSIFICA ASSOLUTA			km/h
1°	Mauro Nesti	Chevron Ford 3000	3'57"4	130,452
2°	Giorgio Francia	Chevron Bmw 2000	4'03"8	
3°	Achille Marzi	Abarth Osella 2000	4'04"0	
4°	Gianni Varese	Osella PA/4	4'08"4	
5°	Arturo Merzario	Osella Ferraris	4'10"5	
6°	Giuseppe Savoldi	Osella PA/4	4'19"3	
7°	Arcadio Pezzali	Chevron B23	4'26"8	
8°	Luigi Moreschi	Porsche 3000	4'34"3	
9°	Gianmaria Castelli	Dallara 1000	4'34"7	
10°	Ezio Baribbi	Ams 1000	4'38"8	
11°	Sergio Rombolotti	Alpine Renault	4'45"2	
12°	Ernesto Porino	Osella PA/2	4'48"5	
13°	Bettino Campani	Dallara	4'51"2	
14°	Prati	Chevron B21	4'52"9	
15°	Roberto Bontempi	Lancia Stratos	4'53"9	

Dai giornali dell'epoca...

«Giornale di Brescia», lunedì 6 settembre: «Mauro Nesti demolisce a Borno il "muro" dei quattro minuti. Eccezionale l'impresa del campione europeo della montagna che ha battuto il suo stesso record salendo a oltra 130 di media. A Giorgio Francia della scuderia *Mirabella-Mille Miglia* il posto d'onore. Giuseppe Savoldi di *Brescia Corse* primo dei piloti concittadini. Ottime prove dei bresciani: Bertolotti, Bontempi e Palvox vincitori di classe. Grande afflusso di pubblico e corsa perfetta».

«A Borno il comitato locale lavora in perfetta sintonia con quell'appassionato promotore che è Bonomo Baisotti, assecondato dai sindaci e dagli esponenti di Malegno, di Boario e di Ossimo. Un supporto fondamentale all'inquadramento della gara hanno recato le forze dell'ordine: una piccola ma efficiente mobilitazione che coinvolge circa duecento uomini tra carabinieri, agenti, polizia stradale e vigili locali. Il *Trofeo Valcamonica* potrà allungare la collana delle sue edizioni solo con la continuità di questo apporto e con la solidarietà del pubblico, che quest'anno è stato chiamato per la prima svolta, per esigenze finanziarie, a pagarc una modesta quota per assistere alla manifestazione. [...] Borno in ogni caso ha detto a tutti a cuore aperto: arrivederci l'anno prossimo».

Con queste parole Manuel Vigliani terminava la sua cronaca sulla Malegno-Ossimo-Borno per il «Giornale di Brescia», l'appuntamento dato agli appassionati era per il 1977. Non sarà così: seguiranno cinque estati orfane di questa manifestazione motoristica che oramai faceva parte della tradizione sportiva valligiana, bresciana e nazionale.

«Autosprint», 14 settembre: «Nesti sfonda il muro dei 4' in Valcamonica. Merzario senza gas in salita. [...] Non è bastato che gli organizzatori di questo 13° *Trofeo Valcamonica* facessero venire a Borno il "pilota-fantino" Merzario, per domare Nesti, scatenato e inagguantabile, e ancora una volta dominatore di una cronoscalata. Era venuto anche Francia, c'erano poi Varese, e Marzi ma nessuno è riuscito a mettersi alle spalle lo scatenato pistoiese che con la *Chevron Cosworth 3000* ha sbriciolato il proprio record di 4'03"24 scendendo sul fantastico tempo di 3'57"4 alla media di 130,412 kmh. Pensiamo sia solamente questione di "forma mentis" perché certamente Merzario e Francia non sono guidatori dal piede leggero, ma alla salita, evidentemente, bisogna abituarsi e in questo Nesti è veramente maestro».

1982

CLASSIFICA ASSOLUTA

				km/h
1°	Mauro Nesti	Osella Bmw 2000	3'55"5	131,464
2°	Giorgio Francia	Osella 2000	3'56"6	
3°	Luigi Moreschi	Osella 2000	4'03"8	
4°	Ezio Baribbi	Osella PA-9 1600	4'04"4	
5°	Rodolfo Aguzzoni	Osella PA-7	4'07"5	
6°	Stefano Bettoni	Osella PA-9	4'16"1	
7°	"Maeba"	Osella PA-8	4'16"9	
8°	Antonio Rossetto	Ams 1300	4'25"7	
9°	Dario Luraghi	Osella PA-8	4'26"0	
10°	Adriano Parlamento	March Sport	4'31"6	
11°	Giancarlo Trevisan	Osella PA-8	4'32"2	
12°	Carlo Rebai	Porsche 935T	4'35"2	
13°	"Mac"	Lancia Stratos	4'35"8	
14°	Giuseppe Tambone	Porsche Carrera	4'38"2	
15°	Giancarlo Petenzi	Porsche 911	4'40"8	

Dai giornali dell'epoca...

«Brescia Club», n. 19 del giugno 1982: «Dopo sei anni ritorna il fascino della scalata da Malegno a Borno. Al compianto direttore dell'AC Brescia Dott. Raffaele Caracciolo è dedicata questa 14ª edizione del *Trofeo Valcamonica*. [...] Il mondo bresciano delle corse è in fermento per un ritorno in grande stile del *Trofeo Valcamonica*, classica cronoscalata che rivive dopo cinque anni di interruzione e che si vuole riportare agli antichi meritati successi».

«Giornale di Brescia», venerdì 18 giugno: «Malegno-Borno sulla pedana di lancio. Nesti favorito, ma c'è anche Francia. [...] Oltre 200 iscritti con massiccia presenza dei bresciani. Tra gli outsider Ezio Baribbi, Stefano Bettoni e Giuseppe Savoldi. Una cronoscalata di 8,6 chilometri con pendenza media del 6%».

«Giornale di Brescia», lunedì 21 giugno: «Tris del toscano Nesti nella Malegno-Borno. Ha riconquistato il *Trofeo Valcamonica* (14ª edizione) stabilendo il nuovo record della corsa. [...] In 100.000 a respirare profumo di bolidi. [...] Eravamo in centomila [...] e forse più. Il ritorno dei bolidi in Valle Camonica dopo 6 anni di digiuno è stato accolto da una vera marea di sportivi. Lungo i circa 9 chilometri del percorso il serpentone multicolore che correva da una parte e dall'altra della striscia d'asfalto

ha fatto da perfetta cornice a un'autentica festa dello sport [...] questa folla meravigliosa che, per sentire l'acre intenso profumo dei bolidi, s'è sorbita chilometri di code e non contenta ha trovato posto persino sui rami più alti e insicuri dei pini. [...] La Malegno-Borno va in archivio e per risultati, organizzazione e partecipazione resta solo il rimpianto che non valga per l'alloro nazionale. Peccato. Forse però, ed è la promessa degli appassionati dell'*Aci Brescia* e degli stessi amministratori comunali di Borno, Ossimo e Malegno, già per l'anno prossimo si può sperare in un'ambita e meritata maggiore considerazione».

CLASSIFICA ASSOLUTA

				km/h
1°	Mauro Nesti	Osella Cebora Bmw 2000	3'52"0	133,448
2°	Luigi Moreschi	Osella PA-8	4'02"1	
3°	Arcadio Pezzali	Osella PA-10	4'04"7	
4°	Mario Caliceti	Osella PA-7	4'08"5	
5°	Giuseppe Savoldi	Osella PA-9	4'08"6	
6°	Stefano Bettoni	Osella PA-9	4'18"2	
7°	Antonio Rossetto	Ams Ram 1300	4'22"9	
8°	Dario Luraghi	Osella PA-8	4'26"5	
9°	Tomaso Pacino	Osella PA-4	4'29"8	
10°	Roberto Biasioli	Chevron B23	4'30"5	
11°	Luigi Bormolini	Porsche	4'32"6	
12°	Germano Nataloni	Lancia 037	4'32"9	
13°	Gabriele Abbiati	Lucchini Bmw	4'34"8	
14°	Romano Casasola	Chevron B31	4'38"0	
15°	"Cortes"	Osella PA-8	4'44"8	

Dai giornali dell'epoca...

«Bresciaoggi Sport», sabato 3 settembre: «Malegno-Borno in tricolore. Dopo il collaudo dello scorso anno alla riedizione della gara. Nesti all'inseguimento di Pam. [...] Nember, Savoldi e Moreschi attesi tra i bresciani. Potrebbero costituire la grande sorpresa. Alcune assenze di rilievo: gli squalificati Tambone e Baribbi e Nicola Busseni (convalescente)».

«Giornale di Brescia», lunedì 5 settembre: «Folla delle grandi occasioni e tempo splendido per il 15° *Trofeo Valcamonica*, prova tricolore di velocità in salita. [...] Mauro Nesti ha fatto poker a Borno. Quarta vittoria consecutiva per il fuoriclasse toscano che ieri ha polverizzato il record della corsa salendo a oltre 133 di media. Moreschi e Pezzali ai posti d'onore. Giuseppe Savoldi primo dei bresciani davanti al compagno di scuderia Stefano Bettoni. Valle pavesata a festa. [...] I quarantacinque mila (o più?) assiepati lungo gli 8,6 chilometri della salita – macchie coloratissime e pittoresche sul verde dei prati – hanno tributato al quarantottenne pilota toscano di Pistoia un'autentica ovazione scandendo al suo passaggio i secondi che Bini, la "voce" della corsa, diffondeva dagli altoparlanti. I cartelli "Nesti sei favoloso" e "Malegno è tutta con te" hanno certamente commosso questo navigato pilota che non a caso a Borno viene sempre volentieri a correre. [...] E già si guarda avanti. A una Malegno-Borno – perché no? – valida per l'europeo della montagna [...] è l'auspicio unanime che gli sportivi dell'automobilismo bresciano fanno».

«Autosprint», 13 settembre: "Nesti implacabile: record! [...] A dimostrazione dello strapotere di Nesti e della sua *Osella* basta comunque il distacco inflitto al secondo classificato, Luigi Moreschi, lasciato a oltre dieci secondi».

CLASSIFICA ASSOLUTA

				km/h
1°	Mauro Nesti	Osella Cebora Bmw 2000	3'46"0	136,991
2°	Ezio Baribbi	Osella PA-10	3'56"4	
3°	Giuseppe Tambone	Osella PA-9	3'58"0	
4°	Rodolfo Aguzzoni	Osella PA-9	4'03"3	
5°	Federico Cipriani	Osella PA-9	4'11"3	
6°	Antonio Rossetto	Lola Olmas	4'22"5	
7°	Gabriele Abbiati	Lucchini Bmw	4'24"6	
8°	Roberto Gasparella	Osella PA-8	4'26"8	
9°	"Cortes"	Osella PA-6	4'27"2	
10°	Germano Nataloni	Lancia 037	4'27"7	
11°	Alberto Montini	Porsche	4'33"4	
12°	Paolo Cantelli	Porsche Turbo	4'36"5	
13°	"Kabibo"	Lancia Beta Montecarlo	4'41"4	
14°	Maurilio Degano	Dallara 1000	4'41"5	
15°	Luciano Dal Ben	Ferrari 308 GTB	4'42"1	

Dai giornali dell'epoca...

«Brescia Club», n. 21 del 14 settembre: «Da Malegno a Borno tutti contro Nesti nel 16° *Trofeo Vallecamonica*».

«Giornale di Brescia», domenica 16 settembre: «Nesti mattatore, Tambone e Baribbi comprimari. Condizioni meteorologiche avverse nella giornata di prove della Malegno-Borno. I piloti sono saliti solo per... vedere».

«Giornale di Brescia», lunedì 17 settembre: «Nesti record nella Malegno-Borno: quinta vittoria del fuoriclasse toscano che è salito a quasi 137 di media. Bella

prova dei bresciani Baribbi e Tambone che si sono piazzati ai posti d'onore. Strada asciutta durante la corsa, ma il tempo incerto ha in parte frenato la partecipazione di pubblico. Organizzazione senza sbavature. [...] L'addio del re, gli applausi dei principi. Il campione di Pistoia ha confermato l'intenzione di lasciare le cronoscalate per correre in America. [...] Le cronoscalate sono come un libro giallo: una lunga, bellissima, attesa dell'ultima pagina. Si passa un intero pomeriggio su una curva, commentando da "esperti" le evoluzioni delle vetture più piccole, un crescendo di emozioni sino al gran finale, un prologo tutto da gustare aspettando i "mostri" del Gruppo 6. [...] Nesti, ancora Nesti, sempre Nesti. Questo toscano verace, capelli grigio-argento, cinquant'anni su un fisico asciutto, parlata colorita e tagliente, non finisce di stupire. È venuto a Borno per partecipare alla 16° edizione del *Trofeo Valle Camonica* onorando l'invito degli organizzatori; ha esibito la sua splendida *Osella Bmw* alle migliaia di appassionati; in prova, sotto l'acqua battente, ha messo tutti in fila; poi in gara per l'ennesima volta ha confermato di non essere a tutt'oggi battibile. E così, con la serenità del più forte, ha iscritto per la quinta volta il suo nome nell'albo d'oro della classica cronoscalata camuna (come dire che tutte le volte che è venuto a correre in Valle ha vinto)».

CLASSIFICA ASSOLUTA

				km/h
1°	Ezio Baribbi	Osella PA-10	3'52"18	133,345
2°	Giuseppe Tambone	Osella PA-9	3'54"04	
3°	Rodolfo Aguzzoni	Osella PA-7	3'59"99	
4°	Romano Casasola	Osella PA-9	4'04"42	
5°	Stefano Bettoni	Osella PA-9	4'11"46	
6°	"Domingo"	Osella Ram	4'12"52	
7°	Dario Luraghi	Osella PA-9	4'14"76	
8°	Adriano Parlamento	March Sport	4'17"73	
9°	Alberto Montini	Osella Bmw	4'18"63	
10°	Gabriele Abbiati	Lucchini S285	4'18"84	
11°	Roberto Gasparella	Osella PA-8	4'19"54	
12°	Antonio Rossetto	Lola Olmas 594	4'21"26	
13°	Gianmaria Castelli	Lucchini Alfa Romeo	4'23"31	
14°	Franco Breschi	Lola	4'27"49	
15°	Maurilio Degano	Dallara Ndt	4'33"17	

Dai giornali dell'epoca...

«Brescia Club», 14 giugno: «In 200 al via si battono nelle varie categorie».

«Bresciaoggi», sabato 15 giugno: «Sono giunti a Malegno da ogni parte d'Italia. Weekend di passione tutto da vivere Non mancano, come nella migliore tradizione, le donne».

«Giornale di Brescia», domenica 16 giugno: «Tra Baribbi e Tambone è subito guerra. I due grandi favoriti nella cronoscalata Malegno-Borno hanno fatto registrare nelle prove di ieri i migliori tempi».

«Giornale di Brescia», lunedì 17 giugno: «L'*Osella* di Baribbi sale sul trono di Borno. Dietro di lui a meno di 2 secondi è giunto Tambone. Il record di Nesti resta imbattuto. Staccati Aguzzoni e Casasola. Cielo coperto e pubblico di fedelissimi. Baribbi racconta tutti i suoi "errori", Tambone annuncia nuove battaglie».

Scrive il giornalista Gianfranco Bertoli: «Ezio Baribbi è il nuovo re di Borno. La sua immacolata *Osella PA 10* è stata una vera saetta ieri pomeriggio sulle balze e i gradoni del classicissimo tracciato Malegno-Ossimo-Borno, teatro della 17ª edizione del *Trofeo Valcamonica*.

[...] Baribbi ha dimostrato d'aver raggiunto una grande maturità sportiva e agonistica: ha iniziato con prudenza destreggiandosi al meglio sui primi spettacolari tornanti; ha preso via via decisione superando con grinta e "fegato" la esse tra le case di Ossimo e pennellando infine da gran maestro gli ultimi decisivi chilometri [...] alla soddisfazione manca però il conforto di battere il tempo di sua maestà Mauro Nesti che un anno fa salì impiegando 6 secondi di meno».

«Autosprint», 25 giugno: «Lotta in famiglia: sfida a due in Val Camonica. Baribbi con l'*Osella* ha avuto ragione dell'altro bresciano, Tambone, costruendo la sua supremazia già dalle prove».

CLASSIFICA ASSOLUTA				km/h
1°	Ezio Baribbi	Osella PA-10	3'53"41	132,642
2°	Mauro Nesti	Osella Bmw PA-10	3'59"49	
3°	Giuseppe Tambone	Osella PA-10	3'59"82	
4°	Benny Rosolia	Osella	4'02"28	
5°	Rodolfo Aguzzoni	Osella PA-8	4'07"31	
6°	Adriano Parlamento	March Sport	4'12"69	
7°	Giulio Regosa	Osella PA-7	4'15"26	
8°	"Domingo"	Osella PA-9	4'17"14	
9°	Gianfranco Mariolini	Osella PA-6	4'23"16	
10°	Gabriele Abbiati	Lucchini Sport S280	4'26"43	
11°	Gianmaria Castelli	Lucchini Alfa Romeo	4'27"03	
12°	Germano Nataloni	Lancia 037	4'28"10	
13°	Antonio Rossetto	Lola Olmas 594	4'28"64	
14°	Giuseppe Peroni	Lucchini Alfa Romeo	4'36"13	
15°	Claudio Magnani	Renault 5 Turbo	4'42"71	

Dai giornali dell'epoca...

«Brescia Club», n. 10, 8 giugno: «Sarà Nesti l'uomo da battere. Già 5 volte vincitore e detentore del record».

«Giornale di Brescia», lunedì 9 giugno: «Ezio Baribbi trionfa a Borno. Storico bis del pilota bresciano che ha battuto Mauro Nesti nella 18ª edizione della cronoscalata camuna. L'*Osella* bianca del portacolori della *Mirabella* ha rifilato più di 6 secondi al vecchio indomito leone toscano che non ha avuto dal suo motore tutto quanto s'aspettava. Terzo Pino Tambone. Organizzazione perfetta dell'*Aci Brescia-Sport*. [...] Il maestro Nesti impreca contro il motore ma poi si congratula con l'allievo Baribbi. [...] È cominciata l'era di Ezio Baribbi. Proprio nella cronoscalata di casa [...] più di trentamila persone hanno assistito ieri a un ideale passaggio del testimone tra il vecchio indiscusso dominatore di questa specialità e il nuovo "re della montagna". Uno scambio di consegne che era nell'aria da parecchio, ma che solo ieri è stato ufficializzato dalla perentoria, trionfale, affermazione del pilota bresciano nei confronti del mai domo driver di Pistoia. [...] Vero è che Mauro Nesti ha dovuto lamentare pure ieri gli stessi problemi di motore che lo avevavo frenato nelle prove. [...] La salita è specialità per professionisti-computer e [Nesti è] un uomo che è rimasto al vertice assoluto per 14 anni, dovunque si è presentato ha messo sul piatto la macchina migliore e la guida più pulita, il mezzo più affidabile e una condotta senza sbavature. Ieri non è stato così, non ce l'ha fatta più. Per la prima volta il grande Nesti ha trovato sulla sua strada un altro pilota italiano più preparato, con una vettura più efficiente, con una tremenda voglia di vincere. E ha abdicato, ha ceduto il trono proprio a quel Baribbi che per anni lo aveva inseguito [...] i tempi erano vicinissimi, il sorpasso nell'aria. E ieri a Borno il sorpasso è avvenuto».

«Autosprint», 17 giugno: «Grande sorpresa alla Malegno-Borno: Baribbi spodesta Nesti. Per la prima volta il pilota bresciano è riuscito a battere il toscano in difficoltà con un motore Bmw poco brillante. [...] Questo avvenimento, forse storico per le gare in salita, si è verificato alla 18ª edizione della cronoscalata Malegno-Ossimo-Borno. Il forte pilota della scuderia *Mirabella Mille Miglia* aveva operato negli ultimi anni una lenta marcia di avvicinamento ai tempi del toscano e finalmente è riuscito a operare il sorpasso in una gara di primaria importanza, perché inserita nel calendario del Campionato Italiano. [...] La prima avvisaglia si era avuta sabato durante le due salite di prova (la prima sul bagnato, la seconda sull'asciutto), ma Nesti aveva addebitato i suoi tempi alle bizze del motore [...] i più severi giudici dell'attuale campione europeo, invece, hanno parlato di [...] anni che si fanno sentire».

	CLASSIFICA ASSOLUTA			km/h
1°	Mauro Nesti	Lucchini Bmw	3'55"40	131,521
2°	Giulio Regosa	Osella PA-9	a 9"17	
3°	"Domingo"	Osella Ram	a 10"26	
4°	Roberto Gasparella	Osella PA-9	a 10"31	
5°	Stefano Bettoni	Osella PA-9	a 15"59	
6°	Dario Luraghi	Osella PA-9	a 16"26	
7°	Antonio Rossetto	Lola Ram	a 19"52	
8°	Ernesto Saccomanno	Osella PA-9	a 22"58	
9°	Gabriele Abbiati	Lucchini Bmw	a 23"24	
10°	Giuseppe Peroni	Lucchini	a 26"19	
11°	Nello Gnesato	Osella PA-9	a 26"59	
12°	Luciano Dal Ben	Osella PA-9	a 27"41	
13°	Demetrio Panzeri	Osella PA-10	a 28"37	
14°	Germano Nataloni	Lancia Delta S4	a 29"36	
15°	Benedetto Bernardi	Lancia 037	a 30"49	

Dai giornali dell'epoca...

«Bresciaoggi», sabato 12 settembre: «Di corsa verso l'Europa: validità del percorso, amenità dei luoghi e unanimi consensi buon viatico per il passaggio di categoria».

«Giornale di Brescia», lunedì 14 settembre: «Nesti, la zampata del vecchio leone. Tempo splendido e gran folla per il 19° Trofeo Vallecamonica, una classica della salita. Baribbi bloccato a metà salita da un guasto meccanico. Secondo Giulio Regosa davanti a Domingo. Fusco tricolore di Gruppo N. [...] Le impressioni dei piloti nel dopo-corsa. Tutti d'accordo: la Malegno-Borno merita di crescere. [...] Regosa: un errore e addio vittoria».

Scrive Adriano Baffelli: «Se per Pavese "lavorare stanca", vincere non disturba Mauro Nesti che, accompagnato da un sole senza pari incastonato nell'immenso azzurro ieri steso su una stupenda Vallecamonica, ha tagliato per la sesta volta da vincitore il traguardo di Borno».

«Bresciaoggi», lunedì 14 settembre: «Si ritira Baribbi, via libera a Mauro Nesti. L'attuale leader della classifica nazionale costretto ad abbandonare la corsa dopo pochi chilometri per un guasto meccanico. Il pilota toscano ottiene così il suo sesto successo nella competizione. Regosa è secondo. Nel Gruppo N Benedetto Fusco domina e si laurea matematicamente campione italiano. [...] Regosa: un'occasione gettata al vento. Luraghi sorride, Bettoni scuote il capo».

«Giornale della Valcamonica», n. 30 del 19 settembre: «Malegno-Ossimo-Borno la più bella corsa d'Italia».

1988

<table>
<tr><td colspan="5" align="center">CLASSIFICA ASSOLUTA</td></tr>
<tr><td></td><td></td><td></td><td></td><td align="right">km/h</td></tr>
<tr><td>1°</td><td>Ezio Baribbi</td><td>Osella PA-10</td><td>3'54"12</td><td>132,239</td></tr>
<tr><td>2°</td><td>Romano Casasola</td><td>Osella</td><td>a 4"96</td><td></td></tr>
<tr><td>3°</td><td>"Domingo"</td><td>Osella</td><td>a 7"80</td><td></td></tr>
<tr><td>4°</td><td>Rodolfo Aguzzoni</td><td>Osella</td><td>a 8"48</td><td></td></tr>
<tr><td>5°</td><td>Uccio Magliona</td><td>Osella</td><td>a 11"06</td><td></td></tr>
<tr><td>6°</td><td>Massimo Saccomanno</td><td>Lucchini Bmw</td><td>a 11"72</td><td></td></tr>
<tr><td>7°</td><td>Dario Luraghi</td><td>Osella PA-9</td><td>a 15"03</td><td></td></tr>
<tr><td>8°</td><td>Giuseppe Peroni</td><td>Lucchini SN</td><td>a 24"30</td><td></td></tr>
<tr><td>9°</td><td>Stefano Bettoni</td><td>Osella</td><td>a 24"99</td><td></td></tr>
<tr><td>10°</td><td>Gianmaria Castelli</td><td>Lucchini A.R.</td><td>a 26"35</td><td></td></tr>
<tr><td>11°</td><td>Demetrio Panzeri</td><td>Osella PA-10</td><td>a 28"62</td><td></td></tr>
<tr><td>12°</td><td>Antonio Rossetto</td><td>Lola Olmas Ram</td><td>a 29"07</td><td></td></tr>
<tr><td>13°</td><td>Germano Nataloni</td><td>Lancia Delta S4</td><td>a 32"26</td><td></td></tr>
<tr><td>14°</td><td>Alberto Montini</td><td>Lancia Delta S4</td><td>a 35"16</td><td></td></tr>
<tr><td>15°</td><td>Vincenzo Zanini</td><td>Osella PA-9</td><td>a 36"11</td><td></td></tr>
</table>

Dai giornali dell'epoca...

«Cronoguida», 10 giugno: «La cronoscalata festeggia i 20 anni con un nuovo tricolore».

«Bresciaoggi», sabato 11 giugno: "Quasi duecento pronte a scattare. Una sola donna in gara, ma sicuramente in grado di impensierire molti rappresentanti del cosiddetto sesso forte. [...] L'importante ruolo degli sponsor per far fronte agli alti costi».

«Giornale di Brescia», domenica 12 giugno: «Baribbi o Regosa oggi a Borno? Nel *Trofeo Valcamonica* duello all'ultimo colpo... d'acceleratore. Attenzione però al torinese Pilone che in prova ha fatto registrare il terzo miglior tempo».

«Giornale di Brescia», lunedì 13 giugno: «Terno di Baribbi sulla ruota di Borno. Il bi-campione italiano coglie la terza vittoria nella ventesima edizione del *Trofeo Valcamonica*. Grave incidente al torinese Franco Pilone, Giulio Regosa generosamente si ferma per soccorrerlo. Via libera all'*Osella* di Ezio. [...] Niente record e duello mancato ma il vincitore Baribbi afferma: "Olio e filler mi hanno frenato, comunque il tempo di Nesti era fuori portata". Casasola: "Gara falsata". Regosa: "Dovevo aiutare Pilone"».

«Autosprint», 21 giugno: «Baribbi fulmine in Valcamonica. Grave incidente a Pilone. Regosa si è fermato».

BARIBBI PORTA LA SUA OSELLA "PA 9" VERSO BORNO SENZA ALCUNA DIFFICOLTA'. MA L'UMORE GIOCOFORZA NON E' DEI MIGLIORI. SIGLA UN DISCRETO 3'54"12 E PORTA A CASA LA VITTORIA ASSOLUTA DAVANTI A CASASOLA (3'59"08) E A "DOMINGO" (4'01"92) ENTRAMBI SU OSELLA. GIULIO REGOSA CHIEDE AI GIUDICI DI GARA DI POTER RIFARE LA PARTENZA, MA QUESTA POSSIBILITA' GLI VIENE NEGATA.

COME È STRUTTURATA LA GARA

CLASSIFICA ASSOLUTA, DI GRUPPO E PER CLASSE

Per una maggiore comprensione di quanto si legge nel corso del racconto a fumetti – specie per chi, pur appassionato di corse automobilistiche non conosce questa tipologia di gare – ecco una breve nota esplicativa su come è strutturata la gara nelle sue distinzioni tra classifica assoluta, di gruppi e per classe.

ASSOLUTI

Quando si parla di classifica assoluta, si intende una graduatoria che comprende i concorrenti di tutte le categorie (gruppi e classi) nell'ordine specifico dei migliori riscontri cronometrici ottenuti in gara: dal tempo più basso a quello più alto.

GRUPPI

I gruppi sono definiti dalla derivazione delle vetture.

Un tempo classificati come *Turismo di serie*, *Gran Turismo*, *Sport* e via dicendo, nel corso degli anni hanno assunto via via diverse denominazioni e ripartizioni.

Negli anni 80, ad esempio, c'erano il *Gruppo N*, composto da vetture esclusivamente di produzione di serie, il *Gruppo A*, che comprendeva vetture turismo a 4 posti con produzione minima di 5.000 esemplari in dodici mesi consecutivi e con minime elaborazioni consentite, il *Gruppo B* destinato a vetture sportive a 2 posti con produzione minima di 200 esemplari in dodici mesi consecutivi, il *Gruppo 5* che racchiudeva vetture di produzione speciale, il *Gruppo 6*, successivamente denominato anche *Sport*, composto da vetture sportive, prototipi da corsa e biposto.

Come per quella assoluta, anche le classifiche di ogni singolo gruppo vengono stilate sempre nell'ordine dal tempo più basso al più alto, indipendentemente dalla classe a cui appartiene la vettura.

CLASSI

Ogni gruppo è ulteriormente suddiviso per classi, che vengono costituite secondo l'ordine di cilindrata.

Per intenderci, all'interno dello stesso *Gruppo A*, sempre negli anni '80, potevano coesistere sia una *Classe 1150*, composta da auto di bassa cilindrata – appunto fino a 1.150 cm^3 – come la *Autobianchi A112* o la *Fiat 127*, sia una *Classe 2500* – e talvolta anche classi con oltre 2.500 cm^3 di cilindrata – con vetture di ben altra potenza come, ad esempio, l'*Alfa Romeo 75*, la *Bmw M3* o la *Renault 5 Gt turbo*.

Anche per le classi la classifica viene determinata nell'ordine crescente dei migliori rilievi cronometrici.

La necessità di ripartire le vetture in questo modo nasce dall'intenzione di permettere la partecipazione alle competizione dei più diversi tipi di auto, dalle vetture di grande serie, ai prototipi, alle monoposto, mantenendo tuttavia viva la combattività tra i concorrenti, che così possono confrontarsi all'interno di un raggruppamento con vetture aventi caratteristiche simili e senza differenze di prestazioni eccessive (se così non fosse, avrebbe certamente poco senso un confronto agonistico diretto tra un pilota al volante di una *Fiat Punto* e un altro a bordo di una *Porsche Carrera*).

Finito di stampare nel mese di dicembre 2016
da Rotomail Italia S.p.A.
Printed in Italy